미카즈치 Mikaduchi
OSO 최대 길드인 [팔백만]의 길드 마스터.
지하 계곡으로 원정을 떠날 준비 중.

세이 Sei
수속성을 다루는 강력한 마법사. 수정의 마녀로
유명한 [팔백만]의 서브 길드 마스터.

Only Sense
온리 센스 온라인
Online
14

아로하자초 지음
유키상 일러스트
천선필 옮김

"여기만 생태계가 남아있다고

생각하니 대단하네."

"양쪽으로 나뉘어서 [운성 광석 조각]을 모아요

히노 Hino
창과 망치를 사용하는 파워 플레이어.
무드 메이커 같은 존재지만
의외로 현실주의자 같은 일면도.

루카토 Lukato
뮤우 파티의 사령탑. 냉정하고 침착한
성격이며 항상 견실한 공략을 짜려 한다.

복각! [심볼] 시스템!

온리 센스 온라인
14

아로하자초 지음 | **유키상** 일러스트 | **천선필** 옮김

커버 그림, 본문 일러스트 | **유키상**

Only Sense Online
심볼과 복각 던전

온리 센스 온라인
Only Sense Online

14

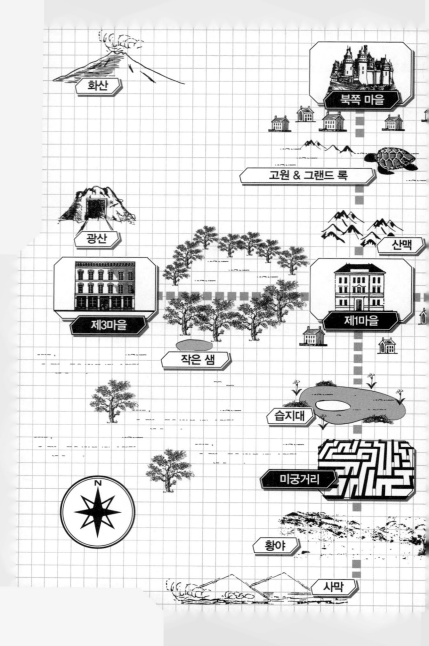

화산

북쪽 마을

고원 & 그랜드 록

산맥

광산

제3마을

작은 샘

제1마을

습지대

미궁거리

N

황야

사막

윤 Yun

최고로 인기 없는 무기 [활]을 택해버린 초심자 플레이어. 수습 생산직으로서 부가 마법이나 아이템 생산의 가능성을 깨닫기 시작하고──

뮤우 Myu

윤의 리얼 여동생. 한 손 검과 광 마법을 다루는 성기사로 완전 전위형. 베타판에서는 전설이 될 정도의 치트급 플레이어.

마기 Magi

톱 생산직 중 한 명으로 플레이어들 중에서도 유명한 무기 장인. 윤의 든든한 선배로 충고를 해준다.

세이 Sei

윤의 리얼 누나. 베타판부터 플레이한 최강 클래스의 마법사. 수 속성을 주로 다루고 모든 등급의 마법을 구사한다.

타쿠 Taku

윤을 OSO로 끌어들인 장본인. 한 손 검을 다루고 경갑옷을 장비하는 검사. 공략에 애쓰는 정통파 플레이어.

클로드 Cloude

재봉사. 톱 생산직 중 한 명으로 의복류 장비품 가게의 주인. 윤이나 마기의 오리지널 장비 클로드 시리즈를 만들었다.

리리 Lyly

톱 생산직 중 한 명으로 일류 목공 기술자. 지팡이나 활 등의 수제 장비는 많은 플레이어에게 인기를 얻고 있다.

서장 숲의 혈명주와 와인 젤리

그날, 목이 빠지게 기다리던 것이 [아트리엘]에 도착했다.

그것을 차분히 보기 위해 현실뿐만이 아니라 OSO에서 볼 일도 이미 마친 상태였다.

포션 제작과 납품, 그리고 리리가 부탁한 미스릴 합금제 배못 제작도 끝낸 뒤 그 물건을 받은 것이다.

"이것이── [괴짜 아이템 전집]!"

"네. 오늘 마기 씨 가게에 포션을 납품할 때 이걸 받아왔어요."

아이템 배달 심부름을 하고 온 NPC 쿄코 씨가 그렇게 말하며 내게 책 한 권을 건넸다.

예전에 비용 대비 효과(코스트 퍼포먼스)가 안 좋은 꽝 아이템을 써먹을 방법이나 레시피를 공개하는 것에 대해 의논했을 때 마기 씨와 다른 생산직 사람들을 끌어들여서 책을 만들자는 이야기가 나왔다.

그리고 마기 씨네 [생산 길드]가 주도해서 [괴짜 아이템 전집]이라는 책을 만들었다.

생산직이 지금까지 만들었던 효율이 안 좋은 꽝 아이템이나 OSO에 유통되고 있는 괴짜 아이템, 인기가 안 좋은 생산직들의 지위 향상을 위해 넣은 편리한 아이템 레시피를 넣은 책이다.

"오오?! 내가 만든 마법약 레시피가 나와 있네! 그리고 다른 사람들이 발견한 레시피도!"

책 페이지를 대충 넘겨보기만 해도 생산 의욕이 생기는 아이템 레시피가 많이 있었다.

[조합] 계열의 마법약 레시피와 [세공] 계열의 액세서리 레시피, [요리] 계열의 맛있는 레시피를 보고 나는 흥미가 생겼다.

"윤 씨. 저는 다시 가게를 볼 건데요. 어떻게 하실 건가요?"

"나는 바로 공방에 틀어박혀서 이 책의 레시피를 시험해 볼래!"

"네, 알겠습니다. 나중에 차를 가져다드릴게요."

쿄코 씨는 그렇게 말한 다음 애교 있는 표정으로 미소를 지었다.

그리고 나는 차를 가져다준다는 말을 듣고 처음으로 만들 레시피를 음식 계열으로 정했다.

"음, 어떤 음식으로 할까……. 오, 블루 젤라틴을 사용한 젤리라. 정겹네."

내 원점이라고도 할 수 있는 블루 젤라틴을 사용한 요리 레시피를 발견했다.

블루 젤라틴은 블루 슬라임의 드롭 아이템을 생산 스킬로 가공해서 만들 수 있는 식재료 아이템이다.

이 아이템을 설탕과 과일, 취향에 따라 주스 등에 녹여서 식히면 간단히 여러 가지 젤리를 만들 수 있다.

"설탕을 잔뜩 넣은 달콤한 애플티 젤리, 아니면 컷 후르츠를 잔뜩 넣은 후르츠 젤리, 커피 젤리나 사이다 젤리 같은 것도 있구나."

참고로 사이다는 놀랍게도 마을의 NPC에게 구입할 수도 있다고 한다. 레시피 구석에 가게의 지도가 작게 나와 있었다.

"아~, 커피는 [아트리엘]에 항상 갖추고 있지도 않고 사이다도 사러 가야 하는데."

모처럼 만드는 거니까 평소에 만들지 않는 젤리를 만드는 게 나을 것 같은데, 그렇게 생각하며 페이지를 넘겼다.

그리고 문득 다음 페이지에도 젤리 레시피가 있다는 것을 깨달았다.

"아, 젤리 레시피가 또 있네……, 와인 젤리?"

와인 향기와 맛은 어른의 맛. 과일을 품고 있는 모습이 아름답다. 이런 선전 문구가 내 눈길을 끌었다.

미성년자이기 때문에 술은 좀 꺼림칙하지만, 보아하니 와인은 색만 내는 용도라 그렇게까지 맛이 진하지는 않은 것 같다.

"과일은…… [한산 포도]하고 [왕화앵 복숭아]가 좀 있지."

[한산 포도]는 [혼란]이나 [분노] 상태이상 내성을 일시적으로 올려주는 과일 식재료 아이템이다.

[왕화앵 복숭아]는 [왕화앵] 나무에서 나흘에 한 번씩, 잎이 푸를 때만 열매가 열리는 버찌 식재료 아이템이다.

"사실 다른 쪽으로 쓰는 게 더 낫겠지만."

나흘에 한 번 채집할 수 있는 [왕화앵 복숭아]는 상태이상 회복약 소재에 추가로 사용하면 효과가 2단계 올라간다.

예를 들어 [해독3] 효과가 있는 포션에 추가로 넣으면 [해독5]가 되고, [해독4] 포션에 추가로 넣으면 상위인 [해맹독1] 상태이상 회복약이 된다.

이런 상위 상태이상 회복약은 하위 상태이상 회복과 일시적인 내성 부여, 그리고 상위 상태이상까지 회복시켜주는 효과가 있다.

원래는 그런 포션을 만드는 소재로 사용하곤 하는데──.

"응. 와인 젤리를 만들자."

희귀한 과일 계열 아이템을 사용하면 어떻게 될까 하는 호기심도 있었기에 만들기로 했다.

그리고 와인이라는 단어를 보니 써보고 싶은 아이템이 있었기 때문이다.

"미성년자니까 술을 마시지는 못하지만 와인 젤리라면 나도 확인할 수 있겠지."

그렇게 말한 다음 공방 선반 안에 늘어서 있던 새빨간 액체가 담긴 병을 하나 꺼냈다.

숲의 혈명주 [소모품]

MP+5%, ATK+10, DEF-10 / 20분

이것은 약비초, 혼백초, 생명의 물, 활력수 열매, 한산 포도를 특정한 비율로 섞어서 만든 술이다.

이 [숲의 혈명주]를 만들려면 며칠이나 걸리는 데다, 통 안에 소재를 넣고 정기적으로 쿄코 씨에게 저어달라고 할 필요가 있었다.

비율을 변경하면 MOB의 생체 소재를 수복시킬 수 있는 [세포 배양액]이나 밭에서 약초를 재배할 때 쓸 수 있는 [식물 영양제], 버섯을 재배할 때 든든한 아군이 되어주는 [균류 영양제] 같은 것을 만들 수 있어서 같은 선반에 여러 개를 만들어 두었다.

"미성년자 플레이어는 술을 마시면 [어지러움] 상태이상에 걸리니까 봉인해두었는데, 가열해서 알코올을 날리면 나도 먹을 수 있겠지."

바로 블루 젤라틴, 물, 설탕, 과일, 레몬즙, 그리고 [숲의 혈명주]를 사용해서 와인 젤리를 만들기 시작했다.

처음에는 블루 젤라틴을 물에 담가서 불린다.

그동안 [한산 포도] 껍질을 벗기고 [왕화앵 복숭아]를 물에 씻어둔다.

젤리에 넣을 과일을 준비한 다음 [숲의 혈명주]와 레몬즙, 설탕, 물을 냄비에 넣고 가열해서 알코올을 살짝 날린다.

"응. 와인 향기가 풍기네. 그런데 별로 와인 같지 않은 것 같기도 하고."

물하고 레몬즙을 넣자 와인 특유의 새빨간 색이 약간 연해져서 예쁘고 맑은 붉은색으로 변했다.

"이제 알코올은 다 날아갔으려나?"

알코올이 날아간 냄비의 불을 끄고 불려두었던 블루 젤라틴을 녹여서 섞은 뒤 잠시 식혔다.

준비해둔 과일을 젤리 용기에 넣고 젤라틴을 녹인 와인 젤리를 부은 뒤 식혀서 굳힌다.

"이제 식히기만 하면 되려나?"

차가운 과자는 잘 만들지 않는데, 필요할 때는 [아트리엘]의 가게에 놓아둔 보온 냉각 기능이 달린 아이템 박스 안에 넣는다.

식재료용 아이템 박스로 구입한 거라 내열 효과를 부여하는 [쿨 드링크]를 넣어두었다.

"다 식을 때까지 다른 레시피라도 보고 있자."

뒷정리를 마친 뒤 가게로 돌아와 쿄코 씨가 내준 채를 마시면서 [괴짜 아이템 전집]을 읽었다.

"앗, 레시피 제공자가 에밀리오…… 에밀리 양의 가짜 이름이네. 제공 레시피는 [세포 배양액] 같은 아이템을 만드는 법이나 사용하는 법을 넣었고."

와인 젤리에 사용한 [숲의 혈명주]와 같은 소재로 만들 수 있는 [세포 배양액]은 MOB의 생체 소재를 보수, 재생하는 데 쓸 수 있다고 적혀 있다.

예를 들면 가죽제 방어구를 생산하다가 실수로 소재의 품질이 떨어졌을 때 사용하면 품질을 원래대로 되돌릴 수 있다.

17

그밖에도 MOB의 뼈나 뿔, 이빨 같은 것으로 만드는 본 액
세서리 같은 경우에도 써먹을 수 있는 잔재주이기도 하다.

비고란에는 비율을 변경하면 [식물 영양제], [균류 영양
제], [숲의 혈명주]를 만들 수 있다면서 생산 플레이어들이
스스로 생각해볼 여지를 남겨두고 있었다.

"이쪽 과자 레시피는 피오르 씨가 제공한 거구나. 오, 아
로마 오일이나 향수를 만드는 법을 연구하는 플레이어도 있
나 보네."

클로드의 가게인 [콤네스티 카페 양복점]의 파티셰인 피
오르 씨가 제공한 레시피나 낯선 여자 플레이어의 향수 레
시피, 그리고 효과를 훑어보았다.

"음~. 향수는 [속성 연고]하고 비슷한 약인가? 흥미는 있
지만 뤼이하고 자쿠로 앞에서 냄새가 심한 걸 뿌릴 수는 없
으니까."

그렇게 중얼거리며 내 사역 MOB이 어디 있는지 돌아보
았다.

유니콘 뤼이와 공천호 자쿠로가 어디 있는지 둘러보니
[아트리엘]의 약초밭 근처에 있었다.

오늘은 햇볕이 따스해서 그런지 약초밭에 있는 도등화 나
무 아래에서 낮잠을 자고 있었다.

그런 와중에 [아트리엘]에 손님 한 명이 들어왔다.

"어서 오세요. 아니, 미카즈치?"

신기하게도 혼자 [아트리엘]에 온 미카즈치를 보고 내가

고개를 갸웃거렸다.

●

"여어, 아가씨."

"그러니까 아가씨라고 부르지 말라고……, 아니 미카즈치 혼자 오다니 별일이네."

OSO에서 가장 큰 길드 [팔백만]의 길드 마스터인 미카즈치가 [아트리엘]에 온 게 조금 의아했다.

필요한 아이템은 길드의 생산직들이 만들어주기 때문에 [아트리엘]에 오는 경우는 별로 없다.

하지만 지금까지 경험했던 것을 미루어볼 때 골치 아픈 일일 것 같은 냄새가 나서 나도 모르게 긴장하고 있자니 미카즈치가 용건을 말했다.

"그렇게 긴장하지 말라고, [팔백만]의 원정 일정이 정해져서 알려주러 왔을 뿐이야."

"원정 일정…… 아, 지하 계곡 너머구나!"

미카즈치의 말을 듣고 나는 무심코 일어섰다.

제4마을인 [미궁거리] 남쪽에 펼쳐져 있는 황야 에리어. 그 지하에 [네저드 지하 계곡]이라는 곳이 존재하고, 갈림길 앞에는 [드워프 나라]라고 적혀 있는 간판이 있었다.

그곳으로 원정을 떠날 일정이 잡힌 모양이다.

"기대된다, 드워프. 새로운 광석이나 [대장], [세공] 생산 레시피, 가공 방법 같은 거!"

"윤 아가씨가 기대해주니 다행이네."

그렇게 말하며 씨익 웃는 미카즈치.

"[팔백만]의 원정은 대충 한 달 뒤. 골든 위크 때 진행할 예정이야. 아가씨도 그때까지 아이템을 강화하고 전력을 늘려두라고."

"윽…… 역시 생산직이라도 최소한의 전력을 필요하구나. 지켜주지는…… 않을 것 같네."

그렇게 중얼거린 나는 그다지 전투를 하고 싶어하는 플레이어가 아니다.

하지만 지하 계곡이나 그 너머에 있는 동굴 같은 폐쇄적인 공간에서는 많은 플레이어들이 늘어설 수 없다.

그렇기 때문에 [화산지대] 때처럼 많은 사람들이 지키면서 나아가기 힘들고 각자 자신의 몸을 지키는 능력이 필요하다.

"불안해하지 말고, 아직 아가씨의 사역 MOB 능력 검증도 안 끝났지?"

창밖을 바라보는 미카즈치를 보고 나도 덩달아 바깥에서 낮잠을 자고 있던 뤼이와 자쿠로를 보았다.

"하긴, 뤼이하고 자쿠로를 전투에 자주 내보내지는 않으니까 힘이나 능력을 아직 제대로 확인하지는 않았지."

"그렇지? 그걸 조사해본 다음에 그런 생각을 해도 늦지는 않을 거야."

미카즈치의 조언을 듣고 나는 턱에 손을 대며 생각했다.

지금은 내가 뭘 할 수 있는지, 뭐가 부족한 건지 모른다.

뤼이와 자쿠로의 능력을 더 자세히 조사해본 다음에 필요한 센스의 레벨을 올리거나 보조 아이템을 고려해보는 게 나을지도 모르겠다.

"그리고 원정을 갈 때는 아가씨가 아는 사람을 초대해서 파티를 짜도 되고, 필요할 경우에는 지금 [팔백만]에 가입하면 레벨을 올리는 걸 도와줄 수도 있어."

"은근슬쩍 길드에 초대하지 마, 정말⋯⋯."

내가 한숨을 쉬면서 미카즈치를 흘겨보자 미카즈치가 들켰냐면서 장난스럽게 웃었다.

"자, 사무적인 이야기는 끝났어. 그런데──."

갑자기 미카즈치가 진지한 표정을 지었다.

그 표정을 보고 한순간 긴장했지만, 그 뒤로 이어진 말을 듣고 힘이 빠졌다.

"──와인 냄새가 나는데, 술 있어?"

"⋯⋯⋯⋯."

뭘까, 방금까지 진지한 이야기를 했는데, 금방 안타까운 느낌이 드는데.

"이 가게에 들어왔을 때부터 와인 같은 냄새가 약간 풍겨서 신경 쓰였다고!"

"⋯⋯뭐, [한산 포도]를 사용한 거라 와인 같은 냄새가 나겠지만, 요리에 좀 썼을 뿐이야."

공방에서 와인 젤리를 만들었는데 가게에서도 냄새가 풍기나? 그런 생각이 들었다.

"이봐, 요리에 썼다니, 뭘 만든 거야?"

"와인 젤리를 만들어봤어. 마침 [조합]으로 와인 같은 걸 만들어서 시험 삼아 만들어봤는데, 먹어볼래? 슬슬 식었을 테니……."

"먹어야지!"

미카즈치가 그렇게 말하고 카운터석에 앉자 나는 보온 아이템 박스에서 식어서 굳은 와인 젤리를 꺼내 스푼과 함께 미카즈치의 앞에 놓았다.

"오오?! 여전히 멋지게 만드는구나. 그리고 내 머리카락하고 똑같은 색이야."

와인레드 색 머리카락을 손가락으로 집고 와인 젤리의 색과 비교하며 즐거워하는 미카즈치.

그리고 각도를 바꾸어보며 젤리 안에 떠 있는 과일을 바라보았다.

"와인 젤리 안에 [한산 포도]하고 [왕화앵 복숭아]를 넣어봤어."

"여전히 사치스러운데. 희귀한 소재도 썼잖아."

그리고, 그렇게 말하며 어이가 없다는 듯이 웃은 미카즈치는 와인 젤리의 스테이터스를 확인했다.

과일을 넣은 와인 젤리 [식료품]

만복도+15% 추가효과 : HP+5%, ATK+10, [분노 내성3] [혼란 내성3] / 30분

[한산 포도]와 [왕화앵 복숭아]를 넣은 [숲의 혈명주] 와인 젤리.

와인의 알코올을 날렸기 때문일까.

부정적인 효과인 DEF 감소 효과가 사라지고 젤리 안에 떠 있는 [한산 포도]의 상태이상 내성 효과가 [왕화앵 복숭아]로 인해 2단계 강화되어 있었다.

"정말 사치스러운 효과로군. 어지간한 포션보다 더 쓸만한 거 아닌가? 그런데도 달고 맛있어."

"뭐, 희귀한 소재를 요리한 거니까. 음~, 탱글탱글하고 맛있네."

미카즈치는 맛있고 강력한 부가 효과가 있다는 사실에 복잡한 표정을 지었고, 나는 눈을 가늘게 뜬 채 목 넘김이 좋은 와인 젤리를 맛보았다.

초기에는 맛없는 요리라거나 유용한 식재료 아이템이 별로 없어서 평가가 미묘했던 [요리] 센스도 이렇게 희귀한 소재를 여러 개 사용하면 강력한 효과를 얻을 수 있다.

그리고 나와 미카즈치가 와인 젤리를 먹고 있자니 쿄코 씨가 차를 내주었다.

나는 그런 쿄코 씨에게도 와인 젤리를 몇 개 건넸다.

"이건 쿄코 씨하고 뤼이, 자쿠로 몫이야. 부탁할게."

쿄코 씨는 차갑게 식은 와인 젤리 용기를 받아들고 살짝 고개를 숙여 인사한 뒤 약초밭 옆에 있는 우드덱 쪽으로 갔다.

아마 낮잠을 자고 있는 뤼이와 자쿠로에게 가져다준 다음 우드덱에서 먹을 생각일 것이다.

"잘 먹었어. 맛있던데. 그리고 부가 효과가 진짜 대단해."

자신의 스테이터스를 보고 새삼 자기가 먹은 와인 젤리의 효과를 확인하는 미카즈치.

그리고 다 먹은 와인 젤리 용기를 아쉽다는 듯이 바라보면서 미카즈치가 말을 꺼냈다.

"이 [숲의 혈명주] 레시피를 가르쳐주면 안 될까? 아까 [조합]으로 만들었다고 했지?"

"가르쳐달라니, 레시피는 이 책에 공개되어 있는데?"

내가 그렇게 말하고 좀 전까지 읽던 [괴짜 아이템 전집]을 꺼내 보여주자 미카즈치는 뜻밖이라는 표정을 지었다.

"그 책에 나와 있다고? 우리 길드 생산직들이 돌려가며 읽는 걸 보긴 했는데."

"정확히는 이 페이지에 있는 [세포 배양액]하고 같은 소재로 비율을 다르게 하면 만들 수 있어. 그러니까 비율을 알아서 조절하며 연구하다 보면 조만간 만들 수 있지 않을까?"

그렇게 설명했지만 미카즈치는 불만이라는 듯이 입을 삐죽 내밀었다.

"그래도 비율을 알아내기 전까지는 못 만들잖아! 나는 바로 마시고 싶은데!"

"참고로 한 번 만들어도 현실 시간으로 사흘 정도 지나야 완성되거든?"

　기본적으로 방치기간이 긴 생산 아이템이고, 방치해두는 동안 관리를 NPC에게 맡길 수 있기에 비율만 알아내면 난이도 자체는 비교적 낮은 조합인데——.

　"그러면 너무 아쉽잖아."

　미카즈치에게는 그 기간이 심각한 모양이라 낙담한 표정을 짓고 있었다.

　"정말, 어쩔 수 없지. 그럼 이렇게 할까?"

　너무 크게 낙담한 미카즈치를 보고 나는 공방 쪽에 보관해두었던 [숲의 혈명주]를 한 병 꺼내 카운터에 올려놓았다.

　"나는 미성년자라서 술을 못 마시니까 한 병만 미카즈치에게 줄게. 하지만 나중에 아이템의 사용감을 알려줘야 해. 이러면 어때?"

　"윤 아가씨! 고마워! 바로 길드로 돌아가서 이거하고 맞는 안주를 찾아볼게!"

　"아니, 그런 사용감 말고."

　눈을 흘겼지만 맛이나 풍미가 붉은 와인과 비슷하다면 요리주 대신 쓸 수 있을지도 모르겠다는 생각이 들었다.

　"나는 이만 길드로 돌아갈게. 돌아가면 바로 길마의 권한으로 생산직 녀석들에게 [숲의 혈명주]를 만들라고 해야지."

　"그러지 마."

　그렇게 농담을 늘어놓는 미카즈치.

　기쁜 듯이 [숲의 혈명주] 병을 껴안고 있던 미카즈치는 문득 어떤 생각이 난 것 같은 표정을 지었다.

"그러고 보니…….""

"이번엔 뭐야?"

안색이 확 변했는데 대체 뭐지? 그렇게 긴장했지만 이번에는 그냥 잡담 같은 내용이었다.

"슬슬 OSO가 1주년을 맞이하거든."

"1주년? 아니, 정식 버전이 시작된 건 작년 7월이었잖아. 아직 세 달이나 남았는데."

"아니, 아니. 베타 버전부터 세면 1주년. 뭐, 준 기념일이라고 할 수 있지."

"아~, 그렇구나."

베타 버전은 작년 4월부터 6월까지 3개월 동안 공개했다고 듣긴 했는데, 정식 버전부터 플레이한 나는 느낌이 잘 오지 않았다.

"베타 버전에는 있었지만 정식 버전에서 삭제된 콘텐츠가 리뉴얼된다는데."

"리뉴얼?"

"너무 평가가 안 좋아서 사라졌어. [심볼]이라는 아이템을 모아서 필드나 던전을 만드는 시스템이야. 뭐, 그 이야기는 잘 아는 녀석에게 물어봐."

지금 당장에라도 [숲의 혈명주]를 마시고 싶은 것 같은 미카즈치는 하고 싶은 말만 하고 [아트리엘]에서 나갔다.

그런 미카즈치의 뒷모습을 보던 나는 그런 이야기도 있구나 정도로만 들었다.

실제로 OSO 공식 메시지로 [준 기념일 업데이트 공지]를 받았다는 사실을 확인했다.

하지만 업데이트에 대한 기대보다 길드 [팔백만]이 기획한 원정에 맞춰 나와 뤼이, 자쿠로의 능력을 검증하는 것이 더 중요하다는 느낌이 들었다.

1장   빙의 센스와 휘부 포도

그날 나는 로그인해서 성수화한 뤼이와 자쿠로를 데리고 [다이어스 수림]의 호수 근처까지 와 있었다.

호수 주변에는 수풀과 평지, 습도가 높은 숲의 버섯 에리어 등 여러 종류의 에리어가 모여 있다.

그리고 각 에리어마다 다른 MOB이 나오기 때문에 여러 종류의 적 MOB이나 지형으로 전투를 경험할 수 있다.

여기에서는 뤼이와 자쿠로의 능력을 검증하거나 스킬의 조합, 연계 등을 확인할 수 있다.

"자, 우선 생각나는 범위 안에서 해볼까."

그렇게 중얼거린 다음 인식 저해 망토, [몽환의 주민]을 걸친 뒤 센스 스테이터스를 확인했다.

소지 SP 24

[장궁 Lv42] [마궁 Lv26] [하늘의 눈 Lv26] [간파 Lv38]

[마도 Lv33] [대지속성 재능 Lv15] [부가술사 Lv10]

[조교 Lv40] [요리인 Lv18] [물리공격 상승 Lv25]

[선제의 소양 Lv14]

대기

[활 Lv55] [준족 Lv30] [조약사 Lv30] [연금 Lv47] [합성 Lv46]
[조금 Lv40] [생산직의 소양 Lv26] [수영 Lv18] [언어학 Lv28]
[등산 Lv21] [신체내성 Lv5] [정신내성 Lv4] [급소의 소양 Lv14]
[염동 Lv8]

항상 그렇듯이 활 계열 센스를 주로 사용하는 센스 구성이지만 뤼이를 타고 이동하기 위해 [준족] 센스를 빼고 [조교] 센스를 장비했다.

"센스 장비칸이 의외로 부족한 것 같기도 하고."

지금은 오커 크레이터와 [몽환의 주민] 같은 [인식 저해] 계열 효과를 지닌 장비를 착용하고 있다.

그 때문에 적 MOB들에게 잘 들키지 않는다.

이런 상황을 효과적으로 이용하기 위해 선제공격에 대미지 보너스를 주는 [선제의 소양] 센스를 장비하고 있지만 원래는 크리티컬이나 명중률을 올려주는 [급소의 소양] 센스도 함께 장비하고 싶었다.

예전에는 센스 구성에 생산 계열 센스도 섞여 있었지만 조금씩 전투 계열 센스를 늘린 결과 전투 계열 센스로 거의 꽉 차게 되었다.

뭐, [요리인]은 생산 계열 센스지만 근접무기 대신 식칼을 쓸 수 있기 때문에 일단은 무기 센스라 생각한다.

"자, 해볼까……. 뤼이는 숨어 있어. 자쿠로는 나한테 빙의하고."

내가 지시를 내리자 뤼이는 환술을 써서 자취를 감추었다.

그리고 자쿠로는 내 가슴으로 뛰어든 다음 곧바로 안으로 파고들었다.

『규우!』

빙의한 결과, 내 머리에 여우 귀가 돋아났고 허리춤에는 자쿠로의 꼬리 세 개가 생겨났다. 그리고 머릿속에 자쿠로의 울음소리가 울려 퍼졌다.

예전에 했던 빙의와 다른 점이 있다면 방어구인 오커 크리에이터 위에 걸친 [몽환의 주민] 망토가 자쿠로의 꼬리 때문에 안쪽에서 부풀어 오르는 듯이 밀려나고 있다는 점이다.

"아~, 자쿠로의 꼬리가 마음대로 움직이지 못하면 자동 방어를 방해할 텐데, 괜찮으려나?"

혹시 자동방어를 할 때마다 망토를 찢어버리지는 않겠지? 그렇게 생각하며 부풀어 오른 망토 쪽으로 고개를 돌렸다.

망토 안쪽에서 답답한 듯이 꼼지락거리는 자쿠로의 꼬리를 보자 빙의로 인해 나타나는 꼬리와 망토의 형태가 상성이 안 맞는다는 것을 확인할 수 있었다.

"다음에 클로드에게 의논해봐야지. 자쿠로의 빙의 상태에서도 써먹을 수 있게끔 개조해달라고 의뢰해야겠어."

망토 가운데에 슬릿을 뚫어주면 자쿠로의 꼬리를 망토 바깥으로 빼낼 수 있을지도 모른다.

『규우~.』

"딱히 자쿠로를 혼내는 게 아니야. 그냥 미리 알게 되어서 다행이라는 거지."

나는 장비하고 있던 망토를 벗고 그 안에서 축 처져 있던 여우 귀와 힘없이 늘어져 있던 꼬리를 보고 살짝 쓴웃음을 지었다.

"뭐, 오커 크리에이터 자체에도 [인식 저해] 효과가 있으니까 숨어서 이동하는 게 불가능한 건 아니야. 자, 바로 전투를 하면서 능력을 검증해볼까?"

나는 망토를 인벤토리에 넣고 자쿠로를 빙의시킨 상태로 적 MOB을 찾아보았다.

잠시 후 지금 있는 수풀 에어리어를 순찰하는 듯이 늑대형 MOB인 글래스 울프 무리가 나타났다.

털이 연두색인 늑대가 지면의 냄새를 맡고 주위를 경계하며 이동하고 있었다.

"저 MOB은 [발견] 계열 능력이 있어서 기습하기 힘들지. 그리고 최대 숫자인 다섯 마리……."

내가 싫은 표정을 짓자 뤼이가 쓰러뜨리고 올까? 라는 눈초리로 나를 보았다.

환술로 모습이나 기척을 느끼지 못하게 만드는 뤼이라면 문제없이 해치울 수 있을 것 같긴 하지만, 나는 조용히 고개를 저었다.

"뤼이는 손대지 말아줘. 이건 나하고 자쿠로의 능력을 파악하기 위한 전투니까."

『규우!』

의욕을 보이는 자쿠로의 울음소리가 머릿속에 울려 퍼지자 나는 살짝 미소를 지었다.

나는 검은 소녀의 장궁을 겨누고 검은색으로 칠한 [암살자의 화살]을 매겼다.

오커 크리에이터의 [인식 저해] 효과 때문인지 글래스 울프는 내가 있다는 것을 눈치채지 못하였다.

나는 기습을 성공시키기 위해 스킬을 사용할 때 빛나는 인챈트를 사용하지 않았다.

"후우——."

살짝 숨을 내쉰 것과 동시에 활에서 날아간 화살은 일직선으로 수풀 사이를 지나 글래스 울프 한 마리의 옆구리에 꽂혔다.

『깨갱!』

짤막한 비명소리와 함께 옆으로 쓰러진 글래스 울프는 그 일격으로 완전히 쓰러지지 않았기에 연달아 화살 두 발을 날렸다.

쓰러진 글래스 울프는 일어설 틈도 없이 추가로 날린 화살 두 발을 맞고 빛의 입자가 되어 사라졌다.

그 모습을 본 다른 글래스 울프 중 한 마리가 울음소리를 내려고 목덜미를 보였지만——.

"《커스드》—— 디펜스!"

그렇게 울음소리를 내려고 한 글래스 울프의 목덜미에 화살을 날렸다.

커스드로 약하게 만든 뒤 드러난 급소에 화살이 깊숙이 박히자 울음소리를 낼 틈도 없이 빛의 입자가 되어 사라졌다.

"나머지 세 마리……, 윽?! 들켰다! ──《머드 풀》!《베어트랩》!"

일직선으로 다가오는 글래스 울프의 발치에 진흙탕을 만들어내서 움직임이 둔해지자 바로 아래에 돌로 이루어진 회색 덫을 발동시켜 대미지를 입혔다.

진흙탕과 덫으로 인해 두 마리가 멈췄지만 재주 좋게 피한 한 마리가 계속 나를 향해 다가왔다.

"대기시간은 제때 맞출 수 없을 테고, 쓸 수 있는 MP도 적어."

나는 지근거리까지 접근할 거라는 예감이 들어 인벤토리에서 해체식칼을 꺼냈다.

"익숙하진 않지만, 하앗!"

뽑아든 해채식칼 창무를 두 손으로 겨누고 글래스 울프가 달려드는 순간에 맞춰 휘둘렀다.

『크릉!』

하지만 글래스 울프는 달려들 때 공중에서 공기를 박차며 변칙적인 움직임으로 피했다.

"어?!"

뜻밖의 움직임에 해체식칼을 휘두른 자세로 몸이 굳어버렸다.

그리고 사각으로 파고든 글래스 울프가 이번에야말로 나를 노리기 위해 몸을 틀어 달려들었다.

『뀨우!』

자쿠로의 짤막한 울음소리와 동시에 꼬리 세 개가 자동요격을 하기 위해 움직이기 시작했다.

꼬리 세 개 끝에 여우불을 띄우고 곧바로 사각에서 덮쳐든 글래스 울프를 쳐내려는 듯이 휘둘렀다.

"윽, 추격타! 하앗!"

나는 근처에 있던 나무에 내동댕이쳐진 글래스 울프를 해체식칼로 찔러 빛의 입자로 만들었다.

그다음에도 차례대로 진흙탕과 덫에서 빠져나온 글래스 울프와 일대일로 싸웠지만, 그때마다 변칙적인 공중 이동에 대처하지 못하고 자쿠로의 자동요격에 의존했다.

"아~, 안 되겠는데! 근접전투는 전혀 대처하지 못하겠어!"

그 뒤로도 글래스 울프 세 마리까지는 접근하기 전에 선수를 쳐서 쓰러뜨릴 수 있었지만, 다가오면 휘둘리기만 했다.

"뭐, 자쿠로의 자동방어로 생존능력이 올라갔다고 생각하면 되려나? 그리고 글래스 울프의 저 움직임은 [입체제한해제]하고 똑같은데."

뮤우가 지니고 있는 [입체제한해제] 센스 효과를 떠올리며 중얼거렸다.

[입체제한해제]는 아크로바틱한 움직임에 보정을 주는 것뿐만이 아니라 레벨이 올라가면 공중을 박차고 궤도를 바꿀

수도 있는 센스다.

뮤우의 경우 MP를 소비해서 공중을 몇 발자국 박차며 달릴 수도 있는 것 같은데, 글래스 울프의 경우 MP가 적어서 그런지 긴급 회피나 상대방의 타이밍을 엇나가게 만들기 위해 쓰곤 했다.

"아~, MOB마다 각각 다른 움직임에 익숙해지면서 내 움직임도 더 능숙하게 만들어야지."

그렇게 중얼거리며 소비한 MP를 보충하기 위해 MP 포트를 조금씩 마셨다.

"그리고 성수화한 뤼이하고 자쿠로를 소환하니 생각했던 것보다 사용할 수 있는 MP가 적네."

사역 MOB의 소환 비용은 플레이어의 MP 최대치를 소비한다.

그 때문에 자유롭게 쓸 수 있는 MP 최대치가 떨어지는 것뿐만이 아니라 뤼이나 자쿠로가 능력을 발동시킬 때마다 내 MP가 소비되기 때문에 MP를 관리하는 것이 중요하다.

"지금까지는 MP가 남는 느낌이었는데, 뤼이하고 자쿠로를 소환한 상태에서는 보조 역할을 맡더라도 MP가 금방 다 떨어질 가능성이 있겠어."

여러모로 보이는 전투의 과제들.

"뤼이하고 자쿠로의 능력을 마음껏 사용하기 위해 [MP 소비 경감]이나 [마력] 센스……는 장비칸이 없으니까 안 되겠고."

전부 다 하려다가 어정쩡해지는 전형적인 경우구나, 그렇게 쓸쓸한 마음으로 웃었다.

"뭐, 뤼이하고 자쿠로를 둘 다 소환하는 건 힘드니까 당분간은 둘 중 한쪽만 부르게 되려나?"

내가 뤼이와 자쿠로에게 그렇게 말하며 뤼이의 목덜미를 쓰다듬었다.

뤼이는 어쩔 수 없다는 듯이 한숨을 내쉬었고, 자쿠로는 뤼이만 쓰다듬어주니 부러웠는지 강제로 빙의 상태를 풀고 내 눈앞에 스윽 나왔다.

"그럼 잠깐 쉬자."

나는 쉬는 김에 뤼이와 자쿠로를 빗질해 주었다.

그런 다음 다시 자쿠로를 빙의 상태로 만들어 검증을 계속 진행했다.

"자, 휴식도 마쳤으니 전투에 더 익숙해지자. 이번에는 뤼이를 타고 도망치면서 전투를 벌이거나 뛰어서 도망치면서 공격하는 걸 시험해볼까?"

나는 그렇게 말하고 뤼이의 등에 타고 다음 글래스 울프 무리를 찾기 시작했다.

금방 세 마리 무리와 마주쳤고 접근하기 전에 차례차례 쓰러뜨릴 수 있었다.

차이가 있다면 뤼이의 등에 타고 있었기에 시점이 높아져서 전체적인 움직임을 알아보기 편했다.

그밖에도 자쿠로의 빙의상태 유무, 인챈트 유무, 마법만 사용해서 전투를 벌이는 등의 검증을 해나갔다.

"역시 자쿠로가 빙의된 상태면 스테이터스가 올라가는구나. MP 최대치가 떨어지긴 하지만 ATK하고 SPEED가 올라갔다는 걸 느낄 수 있을 정도일까나?"

그밖에도 인챈트의 빛 때문에 글래스 울프에게 들켜서 기습 성공률이 3할도 안 되는 결과가 나왔다.

"색적 능력이 뛰어난 적 MOB을 인챈트 상태로 기습하면 실패하는구나. 주의해야겠어."

그렇게 중얼거리며 적 MOB을 발견할 때마다 전투를 벌였지만 기본적으로 히트 앤드 어웨이 전법이기 때문에 평소와 별다른 차이가 없었다.

"망토의 개선점하고 자쿠로의 빙의 효과를 대충 알았으니 오늘은 이만할까."

검증한 결과 자쿠로가 빙의한 상태면 방어 능력이 올라가고 스테이터스가 올라간다는 것도 알게 되었다.

"자, 돌아갈까?"

『큐우, 큐우!』

"어? 아직 돌아가고 싶지 않아, 싸우고 싶어, 아니 활약하고 싶어?"

빙의한 자쿠로가 그런 울음소리를 머릿속에 울렸다.

뤼이를 보자 만족할 때까지 그렇게 해달라고 부탁하는 것 같았다.

"자쿠로, 성수화해서 도와줄 수 있게 된 게 기쁜 모양이구

나. 그럼 이 근처를 좀 더 탐색해볼까?"

내가 그렇게 말하자 빙의한 자쿠로는 기쁜 모양인지 꼬리 세 개를 좌우로 세차게 흔들었다.

"그럼 마주치는 적 MOB하고 싸우긴 하겠지만 일단 채집을 중심으로 탐색해보자."

그렇게 살짝 쓴웃음을 지으면서 몇 번 마주친 적 MOB의 숫자를 기습으로 줄이고 근접전투를 벌이게 되면 자쿠로의 자동방어로 흘린 다음 식칼로 반격했다.

점점 동작의 어색함이 빠지고 움직임이 좋아졌다.

"하앗! 타앗!"

휘두른 해체 식칼을 글래스 울프가 공중 도약으로 피해도 재빠르게 다시 휘둘러 적 MOB을 벨 수 있게 되었다.

다른 문제점도 찾아낼 수 있었다.

"큭! 힘들겠어."

여러 적 MOB에게 둘러싸이자 자쿠로의 꼬리 자동방어가 전부 다 막아내지 못하게 되었다.

그 때문에 모든 공격을 꼬리로 막아내는 것이 아니라 의도적으로 공격을 피할 필요도 있을 것 같았다.

그리고 우연히 발견한 거지만——.

"위험해! ——어?"

『뀨우?!』

내 등 뒤로 파고들기 위해 공중을 박찬 글래스 울프를 돌아보았다.

그리고 덮치려는 글래스 울프를 피하려고 몸을 틀었다.

　돌아서면서 피하려고 몸을 틀면서 움직이자 자동요격에 나선 자쿠로의 꼬리에 기세가 붙어서 나갔다.

　자쿠로의 꼬리가 달려든 글래스 울프에게 옆에서 강력한 일격을 먹이는 결과가 되었다.

　"음…… 바, 방금 그건……?!"

　나는 우연한 일격을 보고 멍해졌지만 아직 남아 있던 글래스 울프들이 달려들었다.

　그런 우리를 보고만 있던 뤼이가 구해주었다.

　뤼이는 이마에 난 뿔과 수속성 마법, 그리고 성수의 체격을 이용한 뒷발차기로 글래스 울프들을 순식간에 빛의 입자로 만들어나갔다.

　"고……, 고마워 뤼이. 덕분에 살았어."

　내가 고맙다는 인사를 하자 더 집중하라는 건지 뤼이가 이마에 난 뿔로 살짝 찔러댔다.

　그래서 그런 뤼이를 달래려는 듯이 목덜미를 쓰다듬었다.

　그리고 방금 돌아서며 자동요격으로 날린 일격에 대해 생각했다.

　"자쿠로의 자동요격에 내 움직임이 합쳐지면 위력이 커지나? 음, 이런 느낌인가?"

　자쿠로가 휘두르는 꼬리의 움직임에 맞춰 내가 반 바퀴 회전하자 휘두른 꼬리가 바람을 가르는 소리가 더 커졌다.

　"더 연속으로…… 이렇게?"

자쿠로의 움직임에 맞춰서 천천히 돌면서 움직이며 발을 계속 내딛자──.

"왠지 춤을 추는 것 같은데?"

연속된 움직임과 회전운동에 해체 식칼의 참격을 섞어보니 공방 일체의 춤 같은 움직임이 되는 것 같다.

"익숙해지니 재미있는 것 같기도 하고……, 그런데 [활] 계열 센스하고는 상성이 안 좋으려나?"

활은 멈춘 상태에서 사용하는 무기라 이렇게까지 세차게 회전하는 듯이 계속 움직이는 상태에서는 조준하기가 힘들다.

『뀨우~.』

"그래, 딱히 안 좋다는 뜻은 아니야! 그때그때 맞게 사용하는 거니까!"

그리고 원거리에서 공격이 날아들어도 자쿠로의 꼬리가 반응해주기 때문에 방어할 때는 효과적이다.

근거리에서는 적 MOB에게 둘러싸이더라도 춤 같은 공방 일체의 움직임으로 요격할 수 있다.

빙의한 자쿠로의 꼬리를 잘 써먹을 수 있게 되면 재미있을 것 같다.

●

그 이후로 전투로 인해 지친 나는 자쿠로의 빙의를 해제하고 호수 주변에서 뤼이, 자쿠로와 함께 산책을 즐겼다.

"역시 여기까지 플레이어도 얼마 없는 것 같네."

호수 주변이라 해도 플레이어가 각 에리어로 이동하는 경로에서 조금 벗어나면 아무도 볼 수 없게 된다.

적 MOB이 적은 곳을 골라서 나아가고, 가끔 소수로 나타나는 적 MOB과 싸우고, 소재를 계속 채집했다.

"슬슬 이 에리어를 벗어나면 버섯 에리어구나."

호수에서 동쪽으로 나아가 나무들의 밀도와 습기가 늘어난 에리어로 넘어간다.

여기부터는 습하고 어둑어둑한 환경이기 때문에 약초 계열 아이템보다는 다양한 버섯을 더 많이 채집할 수 있게 된다.

"식용 버섯이 있네. 그리고 조합용 [치유버섯]하고 [매지컬 매시]."

통칭 버섯 에리어라 불리는 이곳에는 여러 종류의 식용 버섯이나 조합용 버섯을 채집할 수 있는 채집 포인트가 많다.

HP 회복 효과를 높여주는 범용 소재인 [치유버섯].

마찬가지로 MP의 회복 효과를 높여주는 [매지컬 매시]를 채집했다.

하지만 채집할 수 있는 버섯은 그게 전부가 아니었다.

내가 다음 채집 포인트를 찾아 걸어가다 보니 [간파] 센스가 큰 반응을 보였기에 발걸음을 멈췄다.

"……으엑, 독버섯도 있네. 위험하잖아!"

이 버섯 에리어에는 여러 종류의 독버섯이 있어서 천연

함정 역할을 맡고 있다.

함부로 그 옆을 지나가면 버섯이 포자를 뿜어내고 그것을 뒤집어쓰게 되면 상태이상에 걸린다.

내 경우에는 [정화]를 쓸 수 있는 뤼이가 옆에 있기 때문에 그렇게까지 위험하진 않다.

그리고――.

"풍향은 괜찮고, 유리병을 씌운 포자가 퍼지지 않게 막아 놓은 것도 괜찮고――."

포자를 뒤집어쓰지 않게끔 하기 위해 바람을 등지고 독버섯에 접근해서 유리병을 거꾸로 씌웠다.

"이제 뿌리째로 뽑아서―― 뤼이, 물 부탁해."

지면에서 뽑아낸 독버섯이 들어 있는 유리병에 뤼이의 수속성 마법으로 물을 부어달라고 한 다음 병을 꽉 막으면 채집은 끝이다.

"이걸 채집할 수 있다는 걸 알면서도 모으는 플레이어들이 적으니까 찾아낸 건 운이 좋았네. 이제 당분간은 강력한 독약을 만들기 편해지겠어."

이 버섯 에리어에 있는 독버섯 여러 종류는 함정이라는 측면도 있지만 채집이 가능한 소재이기도 하다.

그리고 채집한 독버섯은 각 상태이상에 맞는 독초와 조합함으로써 보다 강력한 상태이상약을 만들어낼 수 있다.

"보통은 독버섯을 발견하면 기름이나 마법으로 태워서 대처하니까 [아트리엘]에 가져가기가 힘들다니까."

내 기쁜 마음이 전해졌는지 뤼이의 등에 타고 있던 자쿠로도 기분 좋게 꼬리 세 개를 흔들고 있었다.

할 수만 있다면 이대로 다른 상태이상에 맞는 독버섯도 채집하면 좋겠는데, 그렇게 생각하며 습기가 진한 숲속을 나아갔다.

그리고 잠시 길을 나아가며 [간파] 센스로 독버섯 군생지를 세 곳 발견하고 신나는 표정으로 독버섯을 채집했다.

"찾아낸 독버섯은 마비, 혼란, 분노 상태이상을 일으키는 독버섯. 이거 운이 좋은데. 할 수만 있다면 여덟 종류 전부 채집하고 싶어."

그렇게 중얼거리며 버섯 에리어 안쪽으로 계속 나아갔다.

글래스 울프와 연전을 벌여서 지친 우리는 전투를 최대한 피하면서 버섯 에리어를 계속 탐색하다가 문득 그것을 발견했다.

"아…… [벽백 포도] 나무가 있네. 처음 봤어."

버섯이 수없이 자라나 있는 축축한 숲속에서 나무 한 그루를 조이는 듯이 덩굴을 뻗고 있는 포도나무를 발견했다.

"그런데 [휘부 포도]는 역시 부활하지 않았구나."

눈앞에 있는 [벽백 포도] 나무에는 포도 열매가 여러 개 맺혀 있지만, 시간이 지나 익으면 곰팡이 포자가 번식하고 수분이 증발해서 서서히 말라 비틀어진 상태로 변하게 된다.

그리고 말라 비틀어진 [벽백 포도]가 달콤한 향기를 풍기게 되고 완성되면 희미한 빛을 내뿜는 [휘부 포도]로 변한다.

"[휘부 포도]가 있으면 [유인향]을 만들 수 있는데."

그 달콤한 향기를 추출해서 매료 계열 상태이상약 등을 섞으면 적 MOB을 끌어들이는 향을 만들 수 있다.

효과 범위는 그렇게 넓지 않지만 던전이나 동굴 등에서 MOB을 끌어들이거나 설치한 곳에 적 MOB을 모아서 그 옆으로 빠져나갈 수도 있다.

그리고 자주 마주칠 수 없는 희귀 MOB과 마주칠 확률을 올릴 때도 사용한다.

"[휘부 포도]가 열리면 금방 채집해 가버리니까 실물을 본 적이 없지……. 그리고 적 MOB도 금방 모이고."

설정상 달콤한 향기를 풍기는 [휘부 포도]가 열리면 그 주위에는 향기를 맡고 온 적 MOB들이 모이게 된다.

그래서 [휘부 포도]를 얻으려면 모인 적 MOB을 해치워야 하고, 안전하게 채집하려면 희미하게 빛나며 완성된 순간에 채집하는 것이 기본이다.

"묘목은 분명…… 여기 있네. 큰 나무 옆에 있어."

[벽백 포도] 나무의 뿌리 쪽에 작은 묘목이 있었기에 인벤토리에서 삽과 화분을 꺼내 조심스럽게 묘목을 옮겨 심었다.

"좋았어, 이제 [아트리엘]에서 [벽백 포도]를 재배할 수 있겠네. 그래도 식용 아이템이고 정작 조합에 쓸 곰팡이가 번식하지 않으면 [휘부 포도]가 되지 않으니까."

곰팡이균이 표면에서 번식해서 썩지 않으면 단순한 식용 아이템인 하얀 포도에 불과하다.

그때 나는 문득 깨달았다.

"곰팡이는 균이니까 [균류 영양제]를 쓰면 되지 않을까?"

주로 버섯을 재배할 때 수확량을 늘리기 위해 사용하는 끈적끈적하고 노란 약이다.

평소에는 버섯 재배용 [펑커스 로그]라는 아이템의 표면에 발라서 사용한다.

만약 [벽백 포도]에 사용하면 [휘부 포도]를 만들 수 있지 않을까 하는 생각이 들었다.

하지만 그 전에——.

"포도가 아직 열리지 않았으니까 일단 키워야겠지."

나는 그렇게 말하고 인벤토리에서 희석해둔 [식물 영양제]를 꺼내 [벽백 포도] 나무 뿌리 근처에 뿌렸다.

농도가 너무 진하면 식물이 말라버릴 정도로 강한 [식물 영양제].

"자, 성공해주라. 안 되면 뭐, 실험이라고 생각하고 포기하겠지만."

그렇게 중얼거리며 [벽백 포도] 나무를 올려다보았다.

[아트리엘]의 약초밭 수확량에 많은 공헌을 해주고 있는 [식물 영양제]에는 그밖에도 특이한—— 아니, 원래 용도에 더 맞는 사용 방법이 있다.

그것은 이미 채집한 채집 포인트에 사용하면 바로 식물이 성장해서 다시 채집할 수 있게 된다는 효과다.

이것은 식물 계열 채집 포인트에서만 사용할 수 있는 잔

재주고 채집 포인트에는 쿨타임이 설정되어 있는지 같은 채집 포인트에서 연속으로 [식물 영양제]를 사용해도 효과가 발생하지 않는 등 몇 가지 제한이 있다.

"역시 약초하고는 다르니까 안 되려나?"

하지만 나무에 사용하는 것은 처음이었기에 약간 불안했다.

그리고——.

"오! 성장하네!"

어둑어둑한 숲속에서 [식물 영양제]의 효과를 받아 덩굴이 자라났고, [벽백 포도]를 맺기 시작했다.

매우 빠르게 자라나는 식물을 보고 역시 판타지구나라고 생각하며 바라보았다.

"뀨우, 뀨우!"

"응? 자쿠로, 먹고 싶어? 뭐, 저렇게 많으니 조금 따더라도 괜찮겠지."

내 손이 닿는 범위에 있는 [벽백 포도]를 따서 뤼이와 자쿠로에게 먹여주었다.

"뀨우~."

뤼이는 재주도 좋게 [벽백 포도] 송이에서 몇 개씩 따서 먹었고, 자쿠로도 달콤한 맛에 황홀한 듯한 울음소리를 냈다.

나도 하나 먹어보니 입안에 퍼지는 과즙의 깔끔한 단맛이 맛있게 느껴졌다.

"그런데 이걸 [휘부 포도]로 만드는 거지."

[벽백 포도]에 곰팡이를 번식시켜서 [휘부 포도]로 만들면 먹을 수 없게 되어버린다.

　왠지 아깝다는 생각이 들었다.

　"뤼이, 자쿠로. 포도 더 먹을래?"

　내가 묻자 뤼이와 자쿠로가 진지하게 고개를 끄덕였다.

　"그럼 [휘부 포도]로 만드는 실험을 하기 전에 절반 정도 딸까?"

　[균류 영양제]를 사용하면 [휘부 포도]가 되지 않고 그냥 못 먹게 되어버릴 가능성도 있다.

　마음속으로 변명을 하며 손이 닿는 범위에 있는 [벽백 포도]를 모으기 시작했다.

　그리고 먹기 위해 [벽백 포도]를 모은 결과, 손이 닿는 범위에 있는 것들은 모두 다 따버렸다.

　"너무 많이 모았나? 뭐, 상관없겠지. 그럼 [균류 영양제]를 써보자. 뤼이, 부탁해도 될까?"

　내가 그렇게 말하자 뤼이는 내게 맡기라는 듯이 고개를 끄덕인 다음 [균류 영양제]를 들고 있던 내 눈앞에 물덩이를 만들어냈다.

　나는 천천히 소용돌이치는 물덩이 안에 끈적이는 [균류 영양제]를 부어서 녹여나갔다.

　그리고 노랗게 변한 물덩이가 안개 형태로 변해서 [벽백 포도] 나무를 뒤덮기 시작했다.

　"오오, 수속성 마법인 [미라주 미스트] 같네. 이걸 사용하면 적 MOB의 시야를 가릴 수도 있겠어."

그렇게 중얼거리고 있던 동안에도 나무를 뒤덮고 있던 안개가 서서히 걷혔고, [벽백 포도]가 곧바로 변하기 시작했다.

"오, 저런 식으로 변하는구나."

[벽백 포도]가 조금씩 회색 균에 침식되며 말라비틀어지기 시작했다.

그 변화가 남아있던 모든 포도에 일제히 일어났고, 주위에 약간 달콤한 향기가 퍼지기 시작했다.

"뀨우, 뀨우~."

뤼이는 달콤한 향기에 취했는지 두 발짝, 세 발짝 물러섰다.

자쿠로도 내게 빙의해서 향기로부터 도망치려 했다.

"아, 향기가 좀 세긴 하네. 그래도 이제 얼마 안 남았어."

그리고 때가 되었다.

"이게―― [휘부 포도]."

[벽백 포도]의 표면에 곰팡이균의 침식이 완전히 퍼져서 [휘부 포도]로 변한 순간, 일제히 희미한 회색으로 빛나기 시작했다.

"좋아, 적 MOB이 모이기 전에 채집하자."

나는 손이 닿지 않는 범위에 있는 [휘부 포도]를 따기 위해 [등산] 센스를 장비했다.

두꺼운 나무를 휘감으며 자라난 포도나무에 손과 발을 걸치고 올라가기 시작했다.

그리고 나무 위쪽까지 올라가 가지에 휘감겨 있던 포도 덩굴 아래에서 [휘부 포도]를 발견했다.

"좋아, 이제 손을 뻗어서—— 으앗?!"

내가 따려고 손을 뻗었을 때, 발판으로 삼고 있던 나뭇가지에서 발이 미끌어졌다.

한순간 몸이 공중에 떴고, 재빨리 낙법을 하려 했다.

그때, 허리춤을 세게 잡아당기는 것 같은 느낌이 들었고 공중에서 정지해 있었다.

"어? 뭐지?"

『뀨우~!』

깜짝 놀라 멍해진 내 머릿속에 자쿠로의 울음소리가 울렸다.

강한 향기로부터 도망치기 위해 빙의한 자쿠로가 낙하한 순간에 꼬리 세 개로 나무 줄기를 붙잡고 생명줄 역할을 해준 것이다.

그리고——.

"오, 오오?! 대단하다, 움직이네."

꼬리에 힘을 꾹 주고 천천히나마 나무줄기 쪽으로 내 몸을 옮겨서 발판으로 다시 돌아오게 해주었다.

"자쿠로, 고마워. 그리고 꼬리를 그런 식으로도 쓸 수 있구나."

자동방어나 자동요격만 할 수 있는 줄 알았는데 낙하를 방지하기 위한 생명줄이 되어주었다.

그렇다면——.

"자쿠로의 꼬리로 [휘부 포도]를 딸 수 있을까? 좀 먼 곳을 부탁해."

『뀨우!』

해본다는 느낌이 드는 울음소리를 울리는 자쿠로.

꼬리 세 개 중 하나를 나무줄기에 감은 채 자유자재로 늘어나는 나머지 꼬리 두 개로 멀리 있는 [휘부 포도]를 잡아서 따주었다.

"오오, 자쿠로. 잘 따는구나. 앞으로 손이 닿지 않거나 위험한 곳에서는 자쿠로에게 채집을 부탁할까?"

『뀨우!』

할 수 있는 것이 또 늘어서 기쁜지 의욕을 보이며 [휘부 포도]를 따기 시작하는 자쿠로.

나는 그것을 받아서 차례차례 인벤토리에 넣기 시작했다.

나무에 열린 [휘부 포도] 중 3분의 2 정도를 채집하자 여러 방향에서 진동이 느껴졌다.

"이, 이런. [휘부 포도]가 완성되어서 적 MOB이 모이기 시작했구나. 도망쳐야지……."

그렇게 중얼거리면서 포도나무에서 내려가려고 생각했을 때, 달콤한 향기를 맡고 온 적 MOB이 모습을 드러냈다.

●

"히이이이익?! 펑커스 점보하고 블러디 그리즐리까지?!"

[휘부 포도]의 향기를 맡고 온 것은 버섯 에리어의 보스 MOB인 펑커스 점보와 호수 주변의 강한 MOB 중 하나인 블러디 그리즐리였다.

펑커스 점보는 썩은 나무와 균사를 이어붙인 마른 나무 거인처럼 생겼다.

크기는 대충 3미터에서 4미터 정도, 판타지의 트롤처럼 기분 나쁜 외모에 군데군데 버섯이 자라나 있어서 익살스러운 모습이었다.

한편, 블러디 그리즐리는 침을 흘리며 눈을 번득이는 곰 형태의 MOB이다. 외모는 사나워 보이고 두 다리로 일어서면 3미터는 훨씬 넘을 정도로 크다.

통나무 같은 팔뚝과 날카로운 발톱이 돋아난 앞발로 각자 나를 나무 위에서 끌어내리려 하고 있었다.

"뤼이는── 없네?! 아, [휘부 포도] 향기 때문에 떨어져 있었지!"

달콤한 향기가 싫어서 멀리 떨어진 곳으로 이동해 있던 뤼이는 향기 범위 바깥에서 곤란하다는 듯이 이쪽을 보고 있었다.

나와 자쿠로를 구하고 싶긴 하지만 보스 MOB이나 강한 MOB을 이길 수는 없겠다고 판단하고 어떻게 할지 생각하는 것처럼 보였다.

『오오오오오오!』

"이번에는 뭐야?! 아니, 으엑, 스테이터스가 올라갔네?!"

우리를 덮치려고 아래에서 벼르고 있던 적 MOB 두 마리 중 한 마리인 펑커스 점보가 기쁨의 포효를 내지르는 것과 동시에 스테이터스 일부가 강화된 것이 보였다.

"[균류 영양제]가 균과 연관이 있는 MOB까지 강화시킨 건가?!"

설마 [휘부 포도]를 만들어내기 위해 사용했던 [균류 영양제]의 효과가 잠시 남아서 그 영향으로 펑커스 점보가 강화되어버린 건가?

"향기를 맡고 온 거라면, 자쿠로! 남은 [휘부 포도]를 멀리 던져!"

『규우?!』

자유자재로 늘어나는 꼬리 중 하나가 나무에 남아 있던 [휘부 포도]를 넝쿨째로 뜯어낸 뒤 곧바로 뤼이 반대쪽으로 던졌다.

"——《머드 풀》!"

나는 포물선을 그리며 날아간 [휘부 포도]의 중간 지점에 《머드 풀》로 진흙탕을 설치했다.

일직선으로 [휘부 포도]를 쫓아가면 진흙탕으로 발을 묶어둘 수 있다.

모여든 MOB 두 마리가 움직임을 멈춘 순간, 뤼이와 합류해서 철수할 생각이다.

"좋았어, 낚였다! 《인챈트》—— 스피드."

그리고 내 예상대로 낚여서 발이 묶인 두 MOB을 확인하고 속도 인챈트를 거는 것과 동시에 포도나무에서 뛰어내려 뤼이 쪽으로 달려가기 시작했다.

"이제 도망칠 수——."

그렇게 말한 직후, 내 앞쪽에서 [간파] 센스가 반응했기에 멈춰 섰다.

멈춰 선 직후, 눈앞의 지면에서 토창이 반원 모양으로 나를 둘러싸는 듯이 솟구쳤다.

"위험하잖아. 이건——."

돌아본 내가 본 것은 진흙탕 범위 안에 들어갔던 펑커스 점보가 유유히 진흙탕을 빠져나와 이쪽으로 걸어오는 모습이었다.

마찬가지로 진흙탕에 빠진 블러디 그리즐리는 자신의 몸무게 때문에 진흙탕에 가라앉으면서도 날아간 [휘부 포도] 쪽으로 가려고 발버둥치고 있는데 왜? 그렇게 생각하며 발치를 보니 알 수 있었다.

펑커스 점보는 마른 나무 거인처럼 생겼는데, 발자국이 얕고 체중이 가볍다.

그 때문에 부력이 강해서 진흙탕에 가라앉지 않고 쉽사리 빠져나올 수 있었을 것이다.

"하지만 내가 있는 쪽으로 올 이유가—— 앗?! 자쿠로의 꼬리구나!"

[휘부 포도] 채집을 맡긴 자쿠로의 꼬리에 냄새와 과즙이

묻어서 그 향기를 맡고 이쪽으로 오고 있을 가능성이 있다.

"젠장, 어떻게 도망치지?"

보스인 펑커스 점보가 우리를 적대시하고 있고, 토창으로 도망칠 곳도 막아버렸다.

그리고 거인처럼 커서 보폭도 컸기에 금방 접근할 것이다.

"윽! ──《스톤 월》! 《인챈트》── 디펜스!"

곧바로 석벽을 만들어낸 다음 방어 인챈트로 나 자신을 강화시켰다.

하지만 나와 펑커스 점보 사이에 만들어낸 석벽을 마치 곤봉 같은 팔의 일격이 덮쳤다.

『뀨우?!』

나를 지키기 위해 빙의한 자쿠로가 꼬리 세 개를 동원해서 내 몸을 감쌌지만 [균류 영양제]의 효과로 강화된 일격이 석벽과 자쿠로의 자동방어를 뚫고 내 HP까지 닿았다.

"으윽?! 커헉!"

얻어맞은 결과, 나는 석벽과 토창의 파편과 함께 뒤쪽으로 날아가 지면에 굴렀다.

남은 HP는 6할, 대미지를 줄일 수는 있었지만 내 몸은 움직이지 않았다.

쓰러진 채 퍼커스 점보를 올려다보았다.

나를 날려버린 마른 나무와 균사로 이루어진 팔에서 버섯 포자 같은 것이 흩날리고 있었고, 그것 때문에 [마비4] 상태 이상에 걸려 있었다.

『오오오오오!』

하지만 펑커스 점보는 나를 때렸을 때 자쿠로의 꼬리에 있던 여우불이 옮겨붙어 불을 끄기 위해 팔을 휘두르며 날뛰고 있었다.

"……뤼이, 자쿠로."

움직이지 못하는 내가 중얼거리자 빙의한 자쿠로의 꼬리가 내 몸을 들어 올려서 곁으로 온 뤼이의 등에 태우고 도망치기 시작했다.

그 직후, 약간 늦게 모여든 졸개 MOB들이 [휘부 포도] 나무 주위에 모이기 시작했다.

"뤼이, 자쿠로, 고마워. 너희 둘이 없었다면 도망칠 수 없었을 거야."

등에 탄 채 고맙다는 말을 하자 뤼이가 살짝 울음소리를 내며 대답했다.

분명 신경 쓰지 말라고 하는 거겠지.

"그건 그렇고 [휘부 포도]의 MOB 유인 효과는 위험하네. ……아니, 이제 두 번 다시 [휘부 포도]를 채집하러 가진 않을 거야. 필요하면 [아트리엘]에서 채집해야지."

잠시 후 [마비]가 회복되자 마음속으로 그렇게 맹세했다.

그 이후로 자쿠로도 빙의를 해제하고 고정 위치인 내 후드 속으로 파고들었고, 제1마을을 향해 이동했다.

그동안 나는 펑커스 점보에게서 도망치는 동안 깨달은 것에 대해 중얼거렸다.

"내가 상태이상에 걸려서 움직이지 못할 때도 빙의 상태인 자쿠로는 움직일 수 있구나. 그리고 공격을 당하긴 했지만 생각보다 HP가 줄어들지 않았어."

나 자신의 방어력이 올라가서 생존능력이 강해졌다는 사실을 알게 된 것은 다행이다.

그리고 자쿠로의 빙의는 내 상태와는 상관이 없기에 [마비]나 [기절]처럼 행동에 제한이 걸리는 상태이상에 걸렸을 때 추격타를 맞을 가능성을 줄여준다.

"솔로 때는 커버해줄 아군이 없으니까 그런 부분을 보충할 수 있다는 걸 알게 되었으니 다행이지."

능력을 검증하다가 생각지도 못한 발견을 할 수 있어서 만족하면서도 탐색과 두 보스급 MOB에게 습격당한 것으로 인해 정신적으로 지친 나는 겨우 무사히 제1마을로 돌아올 수 있었다.

"휴우, 겨우 돌아왔네. 뤼이, 자쿠로, 고생했어. ──[유수화]."

내가 뤼이의 등에서 내린 다음 EX 스킬 [유수화]를 사용해 두 마리를 새끼 짐승 상태로 만들었다.

슬슬 저녁이 되어갈 무렵, 제1마을 출입구와 큰길에서는 밤 시간대에 맞춰 여러 플레이어들이 로그인해서 활동하며 활기를 띠고 있었다.

"자, [팔백만]의 원정까지 클로드에게 [몽환의 주민]을 개조해달라고 해야지."

능력 검증 말고도 장비를 개량하는 등 다음 달까지 할 일이 많다, 그렇게 생각하며 [아트리엘]을 향해 가기 시작했다.

머릿속으로 해야 할 일들을 여러모로 생각하고 있자니 문득 큰길 한쪽에 플레이어들이 모여 있는 낯선 노점이 보였다.

"심볼 가게…… 심볼이라면 미카즈치가 말했던 베타 버전 이후로 삭제된 콘텐츠인가?"

내가 메뉴에서 공식 메시지로 온 공지를 확인해보니 수십 분 전에 심볼 아이템이 추가되고 [심볼 가게]라는 것이 업데이트된 모양이었다.

나중에 그 심볼을 사용하는 콘텐츠나 퀘스트 등을 [준 기념일 업데이트] 때 단계적으로 추가해 나갈 모양이었다.

"다시 말해 심볼을 정착시키기 위한 유예기간 같은 건가?"

로그아웃할 예정이었지만 [심볼 가게]에 흥미가 생긴 나는 플레이어들이 모여 있는 노점으로 향했다.

"어서 오세요——, [심볼 가게]에 오신 것을 환영합니다! 심볼은 모양에 따라 각각 다른 의미로 구성되어 있는 부적이야! 이걸 사용해서 점 같은 걸 볼 수도 있고! 소문에 따르면 시공을 연결하는 열쇠가 된다고도 하는데!"

그런 말을 늘어놓으며 선전하는 점원 NPC.

그 노점에서 팔고 있던 상품은 안에 뭐가 들어있는지 보이지 않고 끈으로 묶여 있는 자그마한 주머니였다.

"안에 어떤 심볼이 들어 있는지는 아무도 몰라! 점을 볼 때도 쓸 수 있는 심볼을 사서 운을 시험해봐! 하나에 5만 G!"

NPC의 말을 듣고 노점에 쌓여 있던 자그마한 주머니를 플레이어들이 차례차례 사 갔다.

이제 막 도입된 아이템이라 어디에 쓸 수 있는지는 모른다.

하지만 시험 삼아 하나씩 사는 플레이어.

베타 버전의 정보를 알고 있는지 세 개 이상을 사는 플레이어.

수집 요소에 끌렸는지 구입 제한 최대치인 열 개를 한 번에 구입하는 플레이어 등 제각각 달랐다.

그리고 나도──.

"실례합니다. 저도 세 개 주세요."

"그래. 마음에 드는 걸로 골라!"

심볼 가게에 15만 G를 지불하고 노점에 쌓여 있던 자그마한 주머니 중에서 세 개를 골랐다.

"이제 안을 보면 되는 건가?"

그렇게 중얼거린 다음 주머니를 열어서 거꾸로 들자 두께가 2센티미터 정도 되는 작은 메달 같은 것이 하나씩 나왔다.

"심볼은── [속성 심볼 : 토], [사이즈 심볼 : 극소], [몬스터 심볼 : 짐승]."

어떤 심볼인지 나타내는 것 같은데 구체적으로 좋은 건지 나쁜 건지는 알 수가 없다.

"실례합니다. 이건 어떤 심볼인가요?"

나는 근처에 있던 심볼 가게의 NPC에게 들고 있던 심볼을 보여주었다.

"아, 그건 전부 커먼이야. 제일 흔한 심볼이지."

"그렇구나……."

뭐, 운이 없었던 건가? 그렇게 생각하며 심볼을 인벤토리에 넣으려 하던 내게 심볼 가게의 NPC가 책 한 권을 내밀었다.

"자, 그렇게 심볼을 막 넣으면 상해버려. 이 [심볼 홀더]를 공짜로 주지."

"저기……, 감사합니다."

나는 무심코 NPC가 내민 노란 책을 받아들었다.

표지에는 [심볼 홀더]라고 적혀 있었고, 책을 펼쳐보니 현재 업데이트된 심볼의 종류와 일람이 회색 글자로 적혀 있었다.

"그건 마법의 수납본 [심볼 홀더]야. 손에 넣은 심볼을 이 안에 수납할 수가 있는 뛰어난 제품이지."

"호오, 그렇구나."

내가 그렇게 말한 다음 얻은 심볼 세 개를 [심볼 홀더]에 밀어넣자 빨려들어 가는 듯이 스윽 사라졌다.

그러자 내가 들고 있던 세 종류의 심볼 항목 글자가 흰색으로 변했고, 그 옆에 [1/10]이라는 글자가 떴다.

"이 [심볼 홀더]에는 같은 종류의 심볼을 10개까지 수납할 수 있어. 한번 수납한 심볼은 다시 꺼낼 수도 있지."

그런 설명을 듣고 [심볼 홀더]의 회색 글자를 보다 보니 현재 업데이트된 심볼은 50종류가 있는 것 같았다.

"좀 모아보고 싶기도 하고…….."

"이 [심볼 홀더]에 시판되고 있는 50종류를 전부 모으면 컴플리트 기념으로 새로운 심볼도 얻을 수 있어!"

이 회색 글자를 전부 흰색 글자로 바꾸고 싶다는 마음이 불끈불끈 솟아올랐다.

"추, 추가로 일곱 개——"어이쿠, 오늘은 품절이야. 아쉽지만 내일 또 보자고!"——."

산더미처럼 쌓여 있던 심볼 주머니가 어느새 다 팔렸고, 심볼을 구입한 플레이어에게 [심볼 홀더]를 건네는 NPC 점원.

"뭐…… 오늘은 운 좋게 살 수 있었던 거구나."

나는 작은 목소리로 중얼거리며 납득했다.

사실 여러 종류의 심볼을 사두고 흐뭇하게 바라보고 싶지만 다 팔렸다니 어쩔 수가 없다.

그리고 바로 심볼을 머릿속 한쪽에 제쳐두고 [아트리엘]로 돌아와 로그아웃했다.

2장   감기와 대리 멤버

4월에 접어들자 시업식, 진급 시험 등으로 바쁜 현실이 시작되었다.

하지만 당분간은 학교에서 오전 수업만 하기에 집에 일찍 오게 된다.

오전 수업을 마치고 오후에는 진급 시험 예습을 하고 쉴 때는 OSO에 로그인해서 [아트리엘]의 약초밭을 만지작거리거나 뤼이, 자쿠로와 느긋하게 지냈다.

나와 미우가 다니는 학교는 중학교에서 고등학교로 바로 올라가는 에스컬레이터식이다.

그래서 미우는 고등학교 1학년이 되었지만 같은 반 친구들이 많이 바뀌지는 않았다.

그래도 시업식이나 진급 시험 때문에 조금 지친 모양이었다.

그리고 밤늦게까지 안 자는 것 같아서 조금 걱정되었다.

오늘도 오전 수업만 하고 일찍 집에 온 내가 점심식사 준비를 하고 있자니 미우가 돌아왔다.

"다녀왔습니다~."

"미우, 어서 와. 아니, 잠깐만! 왜 그래? 얼굴이 빨간데."

미우를 마중하며 보니 상태가 이상하다는 것을 깨달았다.

아침에는 조금 지친 것처럼 보이기만 했는데 지금 돌아온 모습을 보니 목소리에도 힘이 없고 얼굴도 빨갛다.

"괜찮아~. 그건 그렇고 밥은?"

미우는 손을 저으며 그렇게 말했지만, 테이블 쪽으로 갈 때도 걸음걸이가 휘청대는 것 같았다.

"괜찮다니……, 그럴 리가 없잖아. 잠깐 이마 대봐."

나는 앞치마로 손을 닦으면서 미우 곁으로 가서 이마에 손을 댔다.

내 이마보다 미우의 이마가 뜨겁게 느껴졌다.

"오빠 손은 차가워서 기분 좋다."

"감기인가? 잠깐 체온계 좀 가져올게."

나는 구급상자에서 꺼낸 체온계를 건네고 미우의 체온을 확인했다.

"……38.2도. 완전히 열이 있네. 미우, 목이 아프다거나 상태가 안 좋은 곳 있어?"

"목은 아픈 것 같아. 그리고 식욕도 별로 없고……, 몸도 오싹오싹해."

처음에는 괜찮다고 했지만 감기라는 것을 자각했는지 목이 아프고 오한이 든다는 말을 꺼냈다.

"교복 입고 있으면 힘들지? 방으로 가서 잠옷 입고 뭘 좀 걸친 다음에 침대에서 쉬어. 먹을 수 있을 만한 걸 가지고 갈 테니까."

"응, 알았어."

그렇게 말하고 느릿느릿 방으로 가는 미우.

미우를 보낸 다음 목이 아프니 먹기 힘들 거라는 생각이 들어 먹기 편하게 쿠즈유를 만들기 시작했다.

칡가루 대신 쓸 녹말에 물을 넣고 녹여 냄비에 담은 뒤 약한 불로 졸이면서 가열하자 점성이 생겼고 투명해졌을 때 벌꿀과 레몬즙을 넣고 섞어 완성했다.

"좋아, 됐다. 이제 가지고 갈까."

쿠즈유 말고도 수분 보급을 위해 홍차와 감기약을 접시에 담아서 미우의 방으로 갔다.

"미우, 들어간다."

노크를 하고 방에 들어가니 리본을 풀고 머리를 내린 미우가 잠옷에 가디건을 걸치고 침대에서 기다리고 있었다.

"미우, 식욕이 없다고는 했는데 쿠즈유를 만들어 왔어. 뭐라도 먹어야 약도 먹을 수 있으니까."

"고마워, 오빠."

미우가 내게서 쿠즈유를 받아 스푼으로 떠서 한 입 먹었다. 끈적거리고 달콤한 쿠즈유를 먹고 미우는 기쁜 듯이 눈을 가늘게 떴다.

"다행히 내일부터 주말이니까 푹 자면 나을 거야. 월요일까지 감기가 안 나으면 병원에 가자."

"오빠, 미안해."

"신경 쓰지 마. 얼음베개하고 수건 가지고 올게."

일단 미우의 방에서 나와 필요한 것을 가지고 돌아왔다. 돌아오자 미우는 쿠즈유와 홍차, 그리고 약까지 제대로 먹고 얌전히 침대에 누워 있었다.

"자, 얼음베개. 머리 식혀."

"와, 시원해. 고마워."

"신경 쓰지 마. 환절기에 피곤해서 그럴 거야. 밤늦게까지 열심히 시험공부를 한 모양이던데."

그렇게 말하면서 머리를 쓰다듬었는데 미우는 내게서 눈을 돌리고 왠지 껄끄러워하는 것 같았다.

"아~, 아니, 저기……."

얼굴이 빨개져서 살짝 땀을 흘리기 시작한 미우를 보고 열이 본격적으로 나는 건가 싶었는데 그렇게 아니었나 보다.

"저기, 아마 감기에 걸린 건 목욕하고 나와서 밤늦게까지 OSO를 해서 그런 것 같아."

"…………."

나는 그 말을 들은 것과 동시에 시선 끝에 있던 미우의 VR 기어를 바라보고 입을 다물었다.

다시 말해 감기에 걸린 건 목욕한 다음에 한기가 들었기 때문인가?

그리고 쥐어 짜낸 말은──.

"일단 감기가 나을 때까지 몰수."

환자인 미우에게 크게 다그칠 수 없어서 조용히 말하자 미우가 따지고 들었다.

"그, 그건, 잠깐! 루카하고 약속했는데!"

"그런 것보다 감기가 낫는 게 더 중요해."

"괜찮아! 약을 먹어서 벌써 나았어!"

"나을 리가 없잖아! 약의 해열작용 덕분에 열이 내려갔을 뿐이야! 그리고 약은 아직 듣지도 않았어!"

그렇게 말하고 미우의 머리맡에 있던 VR 기어를 재빨리 회수했다.

"루카토하고 다른 사람들에게는 감기에 걸렸다고 전해둘게."

"이럴 수가……."

"감기 걸렸을 때는 얌전히 누워 있어야지. 알았어?"

"그래도! 레어 아이템이! 입수하기 힘든 레어 심볼이!"

내게 매달리려는 듯이 손을 뻗었지만 어지러운지 그대로 침대에 쓰러져 뒤통수를 얼음베개에 살짝 부딪힌 미우.

"이놈, 흥분하면 열이 더 오르잖아! 정말……."

전혀 반성하지 않은 미우를 보고 한숨을 내쉬었다.

하지만 다른 한편으로 여동생인 미우의 응석을 받아주는 나도 있었다.

"……미우가 말한 레어 아이템을 얻으면 얌전히 누워있을 거야?"

"으, 응. 감기 걸렸을 때 레벨을 올릴 수는 없으니까."

아니, 게임 자체를 하지 말아야지, 그렇게 마음속으로 태클을 걸었다.

"알았어. 내가 그 아이템하고 심볼을 대신 모아둘게. 그러니까 지금은 푹 쉬어. 그리고 얌전히 간병받고."

"에헤헤…… 오빠, 고마워."

그렇게 말하고 안심했는지 숨소리를 내며 스르륵 잠들었다.

숨소리는 편안해 보이지만 체온이 높아서 그런지 얼굴이 빨갛다.

"이제야 잠들었네. 우선 간병할 준비를 할까."

나는 저녁 식사용으로 죽 중심의 환자식 레시피를 생각하면서 간병과 집안일을 해나갔다.

그리고 미우는 저녁 식사를 한 뒤 감기 때문에 일찍 잠들었다.

나는 그 모습을 확인한 다음 OSO에 로그인했다.

[아트리엘]의 공방에 도착한 나는 바로 프렌드 통신으로 루카토 일행과 연락을 취했다.

뮤우의 파티 멤버인 루카토 일행에게 뮤우가 감기에 걸렸다는 소식을 전하자──.

『알겠습니다. 조금 시간을 주시겠어요?』

루카토의 대답에 알았다고 하자 잠시 후 [아트리엘]에 루카토 일행이 모였다.

"어서 와. 그리고 뮤우가 감기에 걸려서 예정이 틀어진 모양이라 미안해."

"아뇨, 감기라면 어쩔 수 없죠. 그런데 몸 상태는 어떤가요?"

루카토는 뮤우의 몸 상태를 걱정하며 그렇게 물었다. 나는 모두에게 앉으라고 권했다.

　"열이 있긴 한데 약 먹고 자는 중이야. 여러모로 피곤해서 그런 것 같은데?"

　모두에게 차와 만들어두었던 와인 젤리를 내주었지만 루카토 일행은 뮤우가 걱정되어서 그런지 좀처럼 손을 대지 않았다.

　"뭐, 걱정할 정도는 아니야. 레어 아이템이~, 라거나 레어 심볼이~, 라면서 시끄럽게 떠들 정도로 기운이 넘쳤으니까."

　살짝 쓴웃음을 지으면서 말하자 루카토 일행도 비슷한 반응을 보일 줄 알았는데 약간 껄끄러운 듯이 눈을 돌렸다.

　"저기…… 죄송합니다. 정말."

　"응? 왜 너희들이 사과하는데?"

　"아뇨, 저기, 감기에 걸린 간접적인 원인은 저희한테 있어서."

　이야기를 들어보니 루카토와 히노의 장비 강화, 그리고 최근에 업데이트된 심볼을 위해 레어 소재를 수집하느라 늦게 잔 모양이었다.

　"에휴, 그래서 고집을 부렸구나. 그럼 뮤우하고 한 약속도 꼭 지켜야겠네."

　"약속, 요?"

　"뮤우가 얌전히 누워 있기로 한 대신 내가 그 레어 아이템을 대신 모아주겠다고 약속했어. 그런데 어떤 아이템인지 자세히 듣지 못해서 가르쳐줬으면 하는데."

하는 김에 모으는 것도 도와줬으면 좋겠다. 분명 나 혼자서는 모을 수 없을 테니까, 그렇게 마음속으로 생각하고 있자니 루카토 일행의 표정이 부드러워졌다.

"알겠습니다. 그럼 윤 씨께서 뮤우 양 대리로 퀘스트를 진행하죠."

껄끄러워하던 루카토 일행의 분위기가 부드러워졌고, 그제야 내준 차와 와인 젤리에 손을 대기 시작했다.

"뮤우는 분하겠지. 감기에 걸린 동안 우리가 퀘스트를 클리어하면."

"……히노 양, 그럼 가엾잖아요. 그래도 뮤우 양에게 선물이나 이야기를 해줄 수 있게끔 열심히 해요."

뮤우와 친한 사이인 히노는 감기가 나은 뒤 뮤우가 복귀해서 보일 반응에 대해 상상했고, 그런 뮤우에게 뭔가 해주려고 생각하는 착한 토우토비.

"후후후, 지금 뮤우 양은 감기에 걸려서 약해진 채 멍한 표정을 지으면서 촉촉한 눈망울로 바라보겠죠! 멋지네요! 윤 씨, 감기 걸린 뮤우 양의 사진을 주세요!"

"멍충아! 뭔 소리를 하는 거여!"

여전히 대단한 상상력, 아니 망상력을 뽐내는 리레이를 코하쿠가 부채로 시원스러운 소리를 내며 때렸다.

그런 모습을 보고 나와 루카토 일행은 살짝 쓴웃음을 지었다.

"우선 윤 씨께서 뮤우 양 대신 파티에 참가하신다니 저희가 받은 퀘스트 같은 것들을 설명해야겠네요."

"그래, 부탁할게."

리레이와 코하쿠가 잠잠해진 것을 보고 루카토가 이야기를 꺼냈다.

나는 고개를 끄덕이고 귀를 기울였다.

"저희 목적은 [운성 광석]이라는 소재의 채굴이에요."

"[운성 광석]이라면 [운성강] 주괴를 만드는데 필요한 레어 광석이었지?"

내가 기억을 더듬으며 묻자 루카토는 고개를 끄덕이며 [운성 광석]에 대해 자세히 설명해주었다.

"네. 정확히는 떨어진 유성에서 [운성 광석 조각]을 모아서 [운성강] 주괴를 만들 수 있죠. [운성강]의 성능은 흑철보다 공격력과 내구도가 더 뛰어난 물리 쪽 소재예요. 소재의 특성은 중량계 금속인데요, [장비 중량 경감] 부가 효과가 붙어요."

"아, 그래서 루카토하고 히노의 장비에 쓴다고."

루카토는 바스타드 소드라 불리는 한 손 검과 양손 검의 중간에 위치하는 무기를 사용하고, 히노는 중량급 무기인 큰 망치를 주 무기 중 하나로 사용한다.

무게가 많이 나가는 무기를 주로 사용하는 두 사람은 SPEED 스테이터스를 올리기보다는 [장비 중량 경감] 효과를 쓰는 편이 상대적으로 공격속도를 더 올릴 수 있을 것이다.

"좋겠다. 그럼 나도 [운성강]이 있으면 좋겠는데."

"윤 씨도요?"

"그래, 사실 저번에 [아다만타이트 광석]을 발견했는데 채굴 난이도가 높아서 애용하던 흑철제 피켈이 망가졌거든. 그래서 새 피켈의 소재로 썼으면 하는데."

그렇게 말하면서 마기 씨에게 만들어 달라고 했던 망가진 흑철제 피켈을 꺼냈다.

채굴용 도구이기 때문에 무게는 신경 쓰지 않았지만, 흑철제 피켈보다 성능이 좋고 [장비 중량 경감] 부가 효과가 붙으면 채굴 효율이 더 좋아질 것이다.

"그렇게 하실 거면 많이 모아야 할 거예요. 그밖에도 심볼을 교환해주는 납품 퀘스트에도 필요하니까."

"그 심볼이라는 건 어떤 거야? 그리고 나는 심볼을 어떻게 쓰는지 모르는데."

이야기가 나온 김에 큰마음을 먹고 [심볼]이라는 것을 어떻게 쓸 수 있는지 물어보았다.

"그건 내가 설명할게. 여기서 유일한 베타 테스터였으니까."

설명하겠다고 나서는 히노에게 내가 부탁한다며 살짝 고개를 끄덕였다.

"우선 [심볼]에 대해서 설명할게."

"잘 부탁합니다."

루카토와 다른 사람도 몸가짐을 가다듬고 그 이야기에 귀를 기울였다.

"심볼이란 건 베타 버전 때 있었던 [스타 게이트]라는 고리 형태의 전이 오브젝트와 합쳐서 사용하는 아이템이었어."

"[스타 게이트]?"

"그래, 최소한 세 개, 그리고 열 개까지 심볼을 합쳐서 심볼 코드를 만든 다음에 필드나 던전을 생성해서 탐색하는 콘텐츠야."

"호오, 처음 들었네. 재미있을 것 같은데 왜 정식 버전에서는 사라진 거야?"

솔직히 든 의문에 히노가 약간 말을 조심하며 생각했다.

"우리가 했을 때는 버그가 많았고, 무엇보다 심볼이 소비 아이템이었거든."

[스타 게이트]로 생성한 필드나 던전에는 버그가 자주 발생해서 쾌적하게 플레이하기 힘들었던 모양이다.

그리고 [스타 게이트]를 여는 심볼은 당시에도 개당 5만 G나 하는데 세 개 이상 합칠 필요가 있는 소비 아이템이었기 때문에 [심볼 코드]를 한 번 만드는데 최소 15만 G가 든다.

하지만 15만 G 이상을 회수할 수 있는 심볼 코드를 뽑지 못하는 경우가 많아서 플레이어들에게 이익이 적었다.

"그리고 당시 [스타 게이트]는 [미궁거리]에 있었어. 베타 버전 때 거기까지 간 플레이어가 적었던 것도 널리 퍼지지 못한 원인 중 하나겠지."

그렇게 알려준 당시 이야기를 흥미롭게 들었다.

"나도 뮤우하고 타쿠 씨 같은 사람들하고 몇 번 도전한 적이 있어."

"호오, 처음 듣는 이야기네."

"뭐, 그리 재미있는 이야기는 아니니까. 유용한 심볼 코드를 만드는 심볼은 비싸게 팔리고, 유용한 심볼 코드에는 플레이어들이 잔뜩 모여서 인구밀도가 높은 상태였으니까 더 돈이 안 벌려서 고생만 했지."

그렇게 말하며 쓴웃음을 짓는 히노.

"그랬구나."

"응. 그리고 소비 아이템이어서 검증도 제대로 안 되었고, 무엇보다 당시에는 검증하는 플레이어도 그리 많지 않았으니까."

그런 설명을 듣고 [스타 게이트]는 가능성이 있긴 했지만 조정이 부족한 탓에 삭제되었을 거라며 납득했다.

●

"[심볼]이나 [스타 게이트] 이야기는 이 정도야."

"응. 대충 알았어."

히노는 차로 목을 축이며 이야기를 마무리했고, 나도 고개를 끄덕였다.

그리고 마지막으로 물어보고 싶은 것은——.

"그래서, [운성강]이 레어 심볼에 필요한 이유는 뭐야?"

"심볼 가게의 납품 퀘스트 중에 특정한 소재를 가져다주면 하루에 한 번 한정으로 그에 맞는 심볼하고 교환해주는 퀘스트가 있어."

심볼 가게에서 심볼 주머니를 사는 것 말고도 심볼을 입수할 수 있는 방법이 있구나, 그런 생각이 들었다.

그리고 소재를 가져다주고 아이템을 얻는다니 초특급 MOB인 그랜드 록 내부에 있던 대장장이 NPC가 떠올랐다.

"뭐, 심볼의 교환은 우선도가 낮으니까 뮤우 양의 감기가 나은 다음에 해요."

그렇게 이야기를 마무리하자 오늘 목적은 루카토와 히노, 그리고 내 몫으로 챙길 [운성강] 소재 모으기가 되었다.

"그럼 [운성 광석 조각]을 채집하러 [공룡 평원]으로 가볼까요."

길게 이어진 이야기를 마무리한 루카토는 내게 파티 신청을 했고, 나는 그것을 받아들였다.

루카토 일행의 파티에 뮤우 대신 들어가 [아트리엘]의 미니 포탈을 통해 [비룡 산맥] 너머에 있는 포탈로 전이했다.

"여기가 [공룡 평원]이구나."

와이번이 나오는 [비룡 산맥]에는 예전에 뮤우와 세이 누나, 타쿠와 센스 확장 퀘스트를 할 때 갔었다.

그 이후로 소재를 채집하러 몇 번 갔고, 가는 김에 산맥을 넘어 포탈을 개통했다.

하지만 이 포탈은 [비룡 산맥]의 소재를 채집하기 위해서만 사용했기에 [공룡 평원]에는 처음 발을 내디뎠다.

"모든 공룡형 MOB이 비선공이긴 하지만 단독으로도 꽤 강한 중형, 대형 MOB이 많으니 절대로 적대시하지 말아주세요."

루카토가 주의를 주고 있던 밤의 [공룡 평원]에는 MOB이 그리 많이 움직이고 있지는 않은 것 같았다.

유명한 초식공룡들은 지면에 웅크려서 자고 있었고, 랩터 같은 소형 육식공룡은 여러 마리가 무리를 지어 활동하고 있었다.

단독으로 평원을 돌아다니는 대형 육식공룡의 날카로운 이빨과 흉폭한 얼굴, 그리고 거대한 몸을 보니 싸울 생각조차 들지 않았다.

[공룡 평원]의 MOB들이 비선공이라 정말 다행이라는 생각이 든다.

"그런데 어디로 가야 [운성 광석]을 얻을 수 있는 거야?"

내가 앞에서 걸어가던 루카토 일행에게 묻자 곤란하다는 듯이 살짝 쓴웃음을 지으며 하늘을 올려다보았다.

"[운성 광석]은 채굴 포인트가 없어요. 밤에 이 [공룡 평원] 쪽으로 하늘에서 랜덤으로 떨어지는 유성을 채집하러 가야하거든요."

그래서 루카토는 대부분 [공룡 평원]의 세이프티 에리어에서 유성이 떨어지기를 기다리기만 하죠라고 대답했다.

"……바로 세이프티 에리어로 안내해드릴게요."

그렇게 말하고 랜턴을 들어 올린 척후 토우토비를 따라가자 큰 나무 한 그루가 있었다.

"여기서 별이 떨어지는 걸 기다리죠."

"그럼 내가 돗자리하고 차를 꺼낼게."

내가 루카토 일행을 이해 기다리기 편한 환경을 갖추자 모두가 기뻐했다.

"자. 아까 마시긴 했지만 차야."

"감사합니다."

모두에게 나누어준 뒤 나도 소풍용으로 만든 달콤한 차를 마시며 하늘을 올려다보았다.

"여기만 타임슬립을 한 것 같네."

"그렇죠. 중세 판타지에서 단숨에 고대로 거슬러 올라온 거니까요."

내가 한 말에 루카토가 맞장구를 치자 히노와 코하쿠도 바로 반응했다.

"그래도 말이야. 여기에 공룡이 있다는 건 다른 곳에서는 멸종되었지만 여기만 생태계가 남아있다는 거잖아? 그렇게 생각하니 대단하네."

"그리고 여기 공룡을 기반으로 다른 판타지 생물로 진화했다는 설정 같은 게 있어도 재미있을 것 같은디."

"아, 하긴 그런 설정이 있다면 납득할 만하네."

판타지 생물은 어떻게 태어났을까.

파충류에서 진화한 것이 아니라 살아남은 공룡들이 각각 적합한 형태로 진화했다는 설정을 생각해보니 흥미로웠다.

"그럼 이 [공룡 평원] 너머에는 강력한 드래곤 같은 게 있을까?"

"괜찮네요. 판타지스러운 상상이 들어요."

루카토는 미소를 지으며 맞장구를 쳤다.

그리고 [하늘의 눈]과 [간파] 센스로 하늘을 올려다보았지만 아직 유성이 떨어지지는 않은 것 같다.

그런 와중에 리레이가 은근슬쩍 내 뒤쪽으로 와서 거리를 좁혔다.

"후후후, 살아남은 공룡의 진화론이 흥미롭긴 하죠. 하지만 저는 윤 씨에게 더 흥미가 있어요."

"리, 리레이?"

리레이의 수상쩍은 목소리를 듣고 고개를 돌려 뒤쪽을 확인했다.

리레이는 내 등에 몸을 기대는 듯이 밀착해서 귓가에 속삭였다.

"후후후, 자쿠로가 윤 씨에게 빙의해서 여우 소녀가 되었다는데……, 저 매우 흥미가 있거든요."

그녀가 내 귓가에 속삭이자 등골이 오싹해졌다.

나는 반사적으로 몸을 움츠렸고, 그 직후에 밀착해 있던 리레이가 떨어지자 온몸의 힘이 빠졌다.

"헉?! 리레이, 니 뭐하는 거여!"

"아앗, 모처럼 윤 씨와 접촉했는데!"

리레이의 말과 행동을 뒤늦게 눈치챈 코하쿠가 내게 물었다.

"……윤 씨, 괜찮으신가요?"

갑자기 리레이가 밀착해서 깜짝 놀라 멍해진 내 얼굴을 토우토비가 걱정스럽다는 듯이 들여다보았다.

"괘, 괜찮아. 조금 놀랐을 뿐이니까."

리레이가 속삭인 귓가와 가슴 쪽 옷깃을 꽉 쥔 채 토우토비에게 곤란하다는 듯이 살짝 웃어 보였다.

그런 한편, 코하쿠와 리레이가 시끄럽게 떠드는 모습을 루카토와 히노가 어이없어하면서도 살짝 쓴웃음을 지었다.

나와 토우토비는 깜짝 놀라면서도 덩달아 웃어버렸다.

세이프티 에리어에서 느긋하게 [운성 광석]이 떨어지는 것을 기다리던 와중에 토우토비가 문득 하늘을 진지한 표정으로 올려다보았다.

"……왔어요."

그 말을 듣고 루카토와 히노도 진지한 표정을 지었고, 나도 덩달아 하늘을 올려다보았다.

[공룡 평원]의 밤하늘에 주황색 한 줄기의 빛이 가로지르고 있었다.

"윽?! 유성이야!"

"떨어졌네요! 쫓아가죠!"

"모두들, 이동속도를 높인다! 《존 인챈트》── 스피드!"

루카토가 지시하는 것과 동시에 인챈트로 이동속도를 강화시킨 우리는 그 유성이 떨어진 곳을 향해 이동하기 시작했다.

척후인 토우토비가 앞서가는 와중에 [하늘의 눈]과 [간파] 센스로 낙하지점을 예측했다.

[운성 광석]은 [공룡 평원]의 가장자리 근처에 떨어진 것 같았다.

"[운성 광석]을 채집할 수 있는 시간은 유성이 지면에 떨어지고 나서 10분이에요!"

"그럼 아슬아슬하지 않나?!"

[공룡 평원]의 거의 가운데에 있는 세이프티 에리어에서 대기하면 공룡 평원의 모든 방향을 커버할 수 있다.

하지만 그만큼 멀어지기도 하기에 에리어 가장자리에 있는 [운성 광석]의 낙하지점까지 제때 맞춰서 갈 수 있을지 모르겠다.

그리고——.

"다음 유성이 왔어요!"

"윽! 아, 운이 안 좋네! 저쪽은 세이프티 에리어 근처여!"

곧바로 떨어진 [운성 광석]은 좀 전까지 쉬고 있던 세이프티 에리어 근처에 떨어졌다.

"지금 돌아갈 시간은 없어요! 우선 눈앞에 있는 [운성 광석]을 모으죠!"

루카토는 재빠르게 계산을 마친 뒤 가장자리 근처에 떨어진 [운성 광석]쪽으로 향했다.

그리고 인챈트로 이동속도를 강화시킨 우리는 주황색 빛을 내뿜는 [운성 광석]의 낙하지점에 도착했다.

"여러분, 모아주세요!"

[운성 광석]의 낙하지점 주위에는 자잘한 광석 조각이 흩어진 채 빛을 내뿜고 있어서 그곳만 한낮처럼 밝은 빛이 보였다.

하지만 시간이 지나자 조금씩 그 빛이 사라지기 시작했다.

우리가 흩어져서 주황색 [운성 광석]을 모으자── [운성 광석 조각]이라는 아이템을 얻을 수 있었다.

"아, 많이 모으긴 해야겠구나."

광석 계열 아이템은 다섯 개를 모아서 주괴로 만들 수 있다.

그 광석의 하위에 존재하는 조각이나 파편, 금속 조각 같은 것은 광석의 10분의 1 금속 아이템으로 취급된다.

그 때문에 그걸로 주괴를 만들 경우 광석의 10배── 50개를 모을 필요가 있다.

"시간이 다 지났어요! 다음 유성은 모으지 못할 테니 세이프티 에리어로 가죠!"

[운성 광석 조각]을 회수하고 세이프티로 돌아와 성과를 한데 모아보니──.

"[운성 광석 조각] 47개군요. 주괴 하나도 안 되겠네요."

"음~. 멀리 떨어지는 유성은 버리고 근처에 떨어지는 것만 모으면 편하긴 할 텐데."

루카토와 히노가 모은 광석 조각을 보고 한숨을 쉬었다.

하지만 어디에 떨어질지는 알 수가 없다.

가장자리까지 가더라도 늦어서 헛수고만 하게 될 경우도 있고, 가운데 근처에 있는 세이프티 에리어에서 계속 기다린다 해도 주변에 떨어질 거라는 보장은 없다.

"……이거, 방식을 바꾸는 편이 낫지 않을까?"

내가 그렇게 중얼거리자 루카토 일행이 돌아보았고, 모두의 시선이 내게 쏠렸다.

"윤 씨, 바꿀 수 있을까요?"

"모르겠어. 시험해봐도 될까?"

나는 루카토 일행에게 허락을 받고 혼자 [공룡 평원]을 걸어가기 시작했다.

그 뒤에서 거리를 유지하며 루카토 일행이 따라왔다.

"윤 씨는 뭘 하실 생각이세요?"

"[조교] 센스로 일시적이나마 다리를 빌리려고."

나는 그렇게 대답하면서 [공룡 평원]의 필드를 둘러보며 [하늘의 눈]의 암시와 [간파] 센스로 목표를 찾아보았다.

"뤼이를 타면 내 이동범위를 늘릴 수 있어. 하지만 이상적인 건 모두의 이동범위 확대. 그렇다면——."

나는 이동범위를 늘리는데 도움이 될 것 같은 상대를 찾아냈다.

"벨로 랩터. 저거라면 괜찮겠네."

소형 육식공룡 MOB인 벨로 랩터가 몇 마리씩 무리지어 [공룡 평원]을 뛰어다니고 있었다.

보기에는 사나운 것 같고 앞발 가운데 발톱이 크게 휘어 져서 마치 갈고리 같다.

나는 그런 벨로 랩터 무리 앞으로 뛰어나가 [조교]를 걸 었다.

"너희들, 이쪽을 봐!"

긴장해서 목이 타는 와중에 벨로 랩터 무리 앞에 인벤토 리에서 꺼낸 코카토리스 생고기를 들어올렸다.

"윤 씨, 무슨?!"

"너희들도 위험해지면 세이프티 에리어로 도망쳐!"

비선공이긴 하지만 강력한 공룡 MOB과 접촉하는 것은 위험하다.

하지만 나는 [운성 광석 조각]을 모으려면 벨로 랩터 무리 의 협력이 필요하다고 느꼈다.

『캬샤아아아!』

벨로 랩터 무리가 눈앞에서 들어 올린 생고기를 보았고, 생고기를 던지자 그중 한 마리가 공중에서 물어뜯었다.

그리고 생고기를 먹지 못한 다른 벨로 랩터들이 시끄럽게 울어댔다.

"윤 씨! 위험해요!"

"아직 손대지 말아줘!"

내가 그렇게 말하며 손을 들어 뛰어나오려 하던 루카토

일행을 말렸다.

비선공인 벨로 랩터에게 생고기를 던진 대담한 행동을 보고 깜짝 놀란 루카토 일행은 무기를 겨누고 벨로 랩터를 경계했다.

『캬샤아아아!』

"오~, 기운이 넘치는구나."

나는 반원을 그리는 듯이 둘러싼 벨로 랩터들을 바라보면서 손을 앞으로 내밀고 일정한 거리를 유지했다.

"좋아, 고기지? 이건 어때?"

내가 인벤토리에서 다시 코카토리스 생고기를 꺼내 벨로 랩터 앞에 들어 올렸다.

『캬샤아아아아아!』

나를 둘러싸고 있던 벨로 랩터 중 한 마리가 바로 고기를 물어뜯으려 했기에 팔을 뒤로 뺐다.

고기를 놓친 벨로 랩터는 나를 불만스럽다는 듯이 노려보았다.

"기다려, 기다려. ──좋아, 먹어라!"

내가 생고기를 던지자 그것을 공중에서 멋지게 잡아냈다.

그런 다음 다른 벨로 랩터도 길들이기 위해 생고기를 던졌다.

다음 벨로 랩터는 앞발의 휘어진 갈고리발톱으로 생고기를 꿰뚫은 뒤 그것을 뾰족뾰족한 이빨로 물어뜯었다.

그리고 다른 벨로 랩터들에게도 차례차례 생고기를 번갈

아가며 준 결과——.

『크르르르르——.』

"휴우, 무서웠어."

그대로 힘없이 주저앉은 내게 응석을 부리는 듯이 목을 울려 소리를 내면서 머리를 비벼대는 벨로 랩터들.

그런 내 모습을 보고 루카토 일행이 조심조심 다가왔다.

"윤 씨, 괜찮으세요? 너무 무리하지 마세요."

"괜찮아, 괜찮아. 이 녀석들은 무섭게 보이긴 하지만 의외로 귀여우니까."

비벼대는 머리의 목 아래쪽을 간지럽히는 듯이 쓰다듬자 크르르. 기분 좋다는 듯이 눈을 가늘게 뜨며 목을 울렸다.

"[조교] 센스로 이렇게 만들었으면 이 랩터들도 윤 씨의 새로운 사역 MOB이 되었다는 건감?"

코하쿠가 그렇게 묻자 나는 고개를 저었다.

"사역 MOB이라기보다는 일시적인 협력관계라고 해야 하나? 잠깐 다리를 빌려달라고 한 느낌이지."

적 MOB을 사역 MOB으로 삼는 것은 성공할 확률이 낮다.

하지만 비선공 MOB과 교섭하는 것은 의외로 성공할 확률이 높다.

비선공 MOB에게 음식이나 약초 등을 주고 아이템을 받거나 일시적으로 에리어 안내를 맡기는 등, OSO에는 도움이 되는 요소가 있다.

"그러니까 운이 좋으면 벨로 랩터들도 도와줄 것 같아서."

내가 그렇게 설명하자 어이가 없다는 듯한 시선이나 감탄한 듯한 눈초리가 쏟아졌다.

그래도 이제 [운성 광석 조각]을 채집하는 범위를 커버할 수 있는 이동수단을 얻을 수 있게 되었다.

●

내 [조교] 센스로 일시적인 협력관계를 맺은 벨로 랩터는 다섯 마리.

나는 뤼이를 탈 수 있으니 파티 전원이 [공룡 평원]에서 빠르게 움직일 수 있는 이동수단을 얻게 되었다.

"그럼 저, 윤 씨, 코하쿠 씨, 이렇게 세 사람과 히노 양, 토비 양, 리레이 양, 이렇게 세 사람으로 나뉘어서 [운성 광석 조각]을 모아요."

벨로 랩터를 이용한 고속 이동수단을 얻은 우리는 두 그룹으로 나뉘어서 [운성 광석]이 떨어지기를 기다렸다.

그리고——.

"……남서쪽에 떨어졌어요!"

"그럼 저희가 먼저 갈게요!"

루카토를 태운 랩터를 선두로 나와 코하쿠가 따라가며 [운성 광석]이 떨어진 곳으로 향했다.

그리고 랩터들의 다리가 빨라서 속도 인챈트를 걸 필요도 없이 여유롭게 [운성 광석]의 낙하지점에 도착할 수 있었다.

"그럼 바로 모으죠!"

""라져!""

나는 루카토의 지시를 받아 코하쿠와 함께 광석을 열심히 모았다.

그러자 뤼이와 랩터들도 광석을 입으로 물어서 모아주었기에 시간 안에 꽤 많은 광석을 모을 수 있었다.

"방금 히노 양이 프렌드 통신을 보냈어요! 북쪽 유성으로 간다네요!"

"내 [간파] 센스로 여기서 가까운 동쪽에 [운성 광석]이 떨어진 걸 확인했어!"

"그럼 세이프티 에리어로 돌아가지 말고 그쪽으로 바로 가죠!"

다시 랩터를 탄 루카토, 코하쿠와 함께 다음 운석 낙하지점으로 향했다.

좀 전보다 훨씬 수집 효율이 올라간 결과—— 우리 그룹이 모은 것만으로도 한 시간에 운석 조각 400개, 다시 말해 주괴 8개 분량을 모을 수 있었다.

"이만큼 모았으니 저하고 히노 양의 장비는 맞출 수 있겠네요."

"그라제. 그리고 프렌드 통신을 보니 히노 쪽도 꽤 많이 모은 모양이여."

한발 앞서 세이프티 에리어로 돌아온 우리는 도와준 랩터들을 쓰다듬으면서 히노 그룹이 돌아오기를 기다렸다.

"처음에는 무서웠지만 이렇게 만지고 있자니 랩터도 의외로 귀엽네요."

세이프티 에어리어에 있는 큰 나무에 몸을 기대고 랩터의 턱 밑을 쓰다듬는 루카토.

코하쿠도 살짝 쓴웃음을 지으면서 맞장구를 쳤다.

"내도 처음에는 무서운 MOB인 줄 알았는디 참말로 애교가 있네. 근디 좀 아쉽네. 윤 씨가 없을 때는 랩터를 못 타니께……."

루카토와 마찬가지로 랩터를 쓰다듬는 코하쿠.

하지만 루카토 일행은 아무도 [조교] 센스를 가지고 있지 않았기에 나처럼 일시적인 협력을 얻을 수 없다고 생각하는 모양이었다.

"그럼 좀 물어볼까?"

"네? 물어보다뇨?"

"아니, 너희들만 있을 때도 협력해줄 수 있나 해서."

그렇게 말하고 그곳에 있던 랩터 두 마리를 보자 서로 어떻게 할까? 라는 시선을 주고받으며 고개를 갸웃거렸다.

『캬샤샤아!』

"아~, 공짜로는 안 된단 말이지? 그럼 뭐가 좋을까? 역시 생고기?"

『샤라라라라──.』

내가 코카토리스 생고기를 꺼냈지만 랩터들은 고개를 저었다.

그럼 빅보어 고기는 어떨까 해서 꺼냈고 약간 반응이 좋아지긴 했지만 아직 고개를 끄덕이지는 않았다.

"음~. 고기의 가치를 따지면 코카토리스가 더 높을 텐데, 빅보어 고기가 양은 더 많지. 혹시 질보다 양이야?"

『캬샤캬샤!』

정답이라고 하는 것 같아서 나는 빅보어 고기를 두 개 꺼냈다.

"이거면 어때? 빅보어 고기가 아니라면 코카토리스 고기를 비슷한 양으로 줄게."

그러자 벨로 랩터의 대답은——.

『캬앗——.』

짧은 대답과 함께 랩터의 입에서 무언가를 툭 떨어뜨렸다. 나는 급하게 손을 내밀어 그것을 받아들었다.

"어이쿠, ——뼈피리?"

독특하게 생긴 피리 아이템을 받아든 나는 스테이터스를 확인했다.

수각 공룡의 성대피리 [도구]
벨로 랩터 무리를 부를 수 있게 되고 [공룡 평원] 한정으로 협력을 받을 수 있게 된다.
단, 협력을 받으려면 고기 계열 식량 아이템이 필요하다.
※전투에는 참가하지 않고 대피한다.

나는 돌아서서 그 피리를 루카토와 코하쿠에게 내밀었다.

"교섭이 성공한 것 같아."

"왠지 대단한 장면을 본 것 같아요. 그런데 받아도 되나요?"

MOB과 우호관계를 맺고 얻는 아이템은 레어 아이템일 경우가 많다.

그래서 루카토가 물었지만——.

"뭐, [조교] 센스가 있으니까 피리가 없어도 도와줄 거지?"

『캬앗.』

간단하게 맞장구를 친 랩터의 머리를 쓰다듬자 뤼이가 나를 태워주는 건 자신이라는 듯이 뿔로 살짝 찔러댔다.

나는 그런 뤼이를 보고 살짝 쓴웃음을 지으며 진정하라고 목덜미를 쓰다듬었다.

"감사합니다. 소중히 쓰도록 할게요."

"뭐, 뮤우의 감기가 나은 다음에 이번 이야기를 들으면 꼭 타고 싶다고 할 테니 그때 부탁할게."

내가 그렇게 말하자 루카토가 물론이라고 하며 고개를 끄덕이고 웃었다.

그 이후로 다른 랩터를 탄 히노 일행도 돌아와서 모은 [운성 광석 조각]을 집계해본 결과—— 721개였다.

[운성 광석 조각]을 [운성강] 주괴로 환산하면 14개 분량이다.

나와 루카토, 히노의 무기와 심볼 교환용으로 쓰기에는 부족하지만——.

"음~. 역시 필요한 숫자를 다 모으려면 힘들겠구나."

"그래도 윤 씨 덕분에 효율적으로 수집할 수 있게 되었어요. 그러니까 저하고 히노 양 몫의 주괴는 나중에 모아도 돼요."

"아니, 그럴 거면 내 장비를 업그레이드하는 걸 나중으로 미뤄도 돼."

내가 사용할 주괴는 그렇게 많지 않다.

한가할 때 뤼이를 타고 모으면 금방 모일 것이다.

그리고 [공룡 평원]은 MOB들이 강력하지만 비선공이기 때문에 산책하기 좋은 필드인 것 같다.

"하지만 저희는——"

"아니아니, 나는——."

"자, 스톱!"

서로 양보하려 하던 나와 루카토 사이에 히노가 끼어들었다.

"서로 양보하려고 물러서지 않으니 이렇게 하자."

나와 루카토는 히노의 제안에 귀를 기울였다.

"딱히 나하고 루카, 윤 씨는 장비를 강화해야 하는 우선도가 높지 않잖아. 그러면 [운성강] 주괴 14개를 전부 [별] 레어 심볼로 바꿔서 분배하자."

심볼 가게에서 하루에 한 번 납품할 수 있는 한정 퀘스트는 심볼 마다 교환 소재의 숫자와 종류가 정해져 있다.

[운성강] 주괴로 교환할 수 있는 [별] 레어 심볼은 주괴 두

개로 심볼 하나를 받을 수 있다.

다시 말해 모은 소재를 교환하면 [별] 레어 심볼을 7개 얻을 수 있다.

"여기 있는 모두하고 감기에 걸려서 쉬고 있는 뮤우까지 나누면 딱 맞잖아."

"뭐, 그렇지. 그럼 뮤우의 부탁도 들어줄 수 있고."

"그렇네요. 그러는 게 제일 나을지도 모르겠어요."

서로 납득하는 나와 루카토.

"[운성 광석 조각]은 윤 씨에게 맡겨서 주괴로 만들어달라고 하는 게 어떨까? [세공] 센스 경험치도 벌 수 있을 테니까. 나머지 21개는 윤 씨의 수수료로 지불하는 셈 치고."

"알았어. 그런 거라면 내게 맡겨."

나는 [운성 광석 조각]을 받은 다음 늦은 시간이라 로그아웃하는 루카토 일행을 보냈다.

그리고 [아트리엘]의 공방으로 돌아와서——.

"자, 해볼까!"

[세공] 센스로 금속을 가공하는 마법로에 불을 켜고 [운성 광석 조각]을 마법로에 넣었다.

센스의 보조를 받아 녹은 금속을 틀에 흘려 넣고 애용하는 흑철제 쇠망치로 두들겨 형태를 잡아나갔다.

마기 씨 밑에서 미스릴 합금과 우츠강 주괴를 만들며 단련된 생산기술이 [운성 광석 조각]을 한데 모아 아름다운 남색 금속 주괴로 만들어냈다.

"휴우, 이게 [운성 광석]. 아니, 주괴니까 [운성강]이구나. 예쁘네."

그렇게 중얼거리면서도 작업하는 손은 멈추지 않고 주괴를 계속 만들었다.

[운성강] 주괴를 만드느라 집중하다가 정신을 차리고 보니 새벽 1시가 넘었기에 급하게 로그아웃했다.

그리고 사흘 뒤──.

"뮤우 양 몸 상태는 어떤가요?"

"일단 열은 내렸고 식욕도 있어. 본인도 괜찮다고는 하는데 혹시 모르니까 쉬게 했어."

[운성강] 주괴를 받으러 온 루카토에게 뮤우의 상황을 이야기하자 살짝 쓴웃음을 지었다.

뮤우는 푹 쉬었고 자면서 땀도 충분히 흘려서 그런지 하룻밤이 지나자 시원스러운 표정을 짓고 있었다.

하지만 아직 열이 조금 있고 감기 증세가 남아 있었기 때문에 VR 기어는 아직 몰수한 상태였다.

그래서 휴일 동안에는 뮤우를 간병하고 응석을 받아주며 지내고 있었다.

뮤우가 잠든 뒤에 OSO에 로그인해서 [운성강] 주괴 작업을 조금씩 진행해서 오늘에서야 건네줄 수 있게 되었다.

"일단 내일 뮤우에게 VR 기어를 돌려줄 테니까 잘 부탁해. 그리고 몸이 안 좋은 것 같으면 바로 말려주고."

"알겠습니다. 그래도 VR 기어 사용자는 바이탈 체크를 받거든요. 문제가 있다고 판단되면 휴식 권장 메시지가 뜨고, 상황에 따라서는 강제로 종료되는 모양이던데요."

"호오, 그렇구나."

그런 걸 이제 알았네. 나는 그렇게 생각하며 감탄했다.

"그럼 저는 가볼게요. 뮤우 양에게 안부 전해주세요."

"그래, 알았어."

나는 루카토에게 아이템을 건네 의뢰를 마쳤다.

그리고 긴 한숨을 내쉬면서 나도 모르게 긴장하고 있던 몸에서 힘이 천천히 빠져나가는 것을 느꼈다.

"휴우, 끝났네. 얻은 건 [운성강] 주괴 두 개하고 광석 조각 21개인가?"

내 손에는 루카토 일행과 나눈 소재가 남아있다.

이걸 심볼 가게에 가져가서 [별] 레어 심볼하고 교환해야지.

[운성강]이 필요하면 또 모으러 가야지.

최근에 채집한 [벽백 포도] 묘목 상태를 확인해야지.

약초밭을 바라보면서 느긋하게 지내고 싶기도 하다.

이런저런 생각이 들었고, 그런 생각이 또렷해지기 전에 사라졌다.

"안 되겠다. 생각이 정리가 안 되네. 쉬자."

나는 의욕도 별로 없는 것 같아 OSO에서 로그아웃했다.

그리고 침대 위에서 눈을 뜨고 VR 기어를 벗자 머리와 목덜미에 축축하게 땀이 난 것을 깨달았다.

"어라? 난방을 계속 켜뒀던가?"

묘하게 몸이 뜨거워서 손으로 목덜미를 부채질했다.

그리고 일어서려 했는데 매우 나른한 느낌이 들었고, 등골이 오싹했다.

"오빠, 있어? 슬슬 VR 기어 돌려줘~."

몸 상태가 안 좋다는 것을 느끼기 시작한 나는 느릿느릿 방에서 나왔다.

복도에 서 있던 미우가 나를 보자마자 그렇게 말했다.

"아, 미우……."

나는 작은 목소리로 미우의 이름을 불렀고, 그쪽으로 고개를 돌리자 미우가 깜짝 놀라 나를 보았다.

"잠깐, 오빠. 몸이 안 좋아 보이는데! 설마 내 감기가 옮은 건가?"

"……그런 건, 아닐 거야. 나는 감기에 걸리지 않았어."

"거짓말! 잠깐만 기다려, 내 방에 놔둔 체온계를 가져올 테니까."

나는 바로 내 방에 들어가게 되었고, 미우가 체온계를 가져와서 체온을 재본 결과—— 37.8도.

"역시 감기에 걸렸네. 오빠도 밤늦게까지 게임한 거 아니야?"

"으, 왠지 납득이 안 되는데……."

나는 억지로 눕게 된 침대 안에서 그렇게 중얼거렸고, 걱정스러워하면서도 왠지 기뻐 보이는 것 같은 미우를 올려다보았다.

"이봐, 미우. 왜 그렇게 기뻐하는 거야?"

"그래도 오빠가 간병해줬으니까 이번에는 내가 간병할 차례잖아! 주먹이 우는데!"

"안타깝지만 그렇게 되진 않을 거야."

나는 미우가 감기에 걸렸을 때 미리 필요한 것들을 준비해두었다.

나도 마찬가지로 감기에 걸렸을 때 혼자서도 감기를 낫게 할 수 있게끔 준비한 것이다.

"식사는 미우가 만들 필요 없어. 렌지로 데울 수 있는 즉석 죽이 있으니까. 옷은 모아두면 아버지나 어머니가 쉴 때 한꺼번에 빨아줄 거야. 미우하고는 달리 약을 먹고 얌전히 누워 있을 테니 괜찮아."

"으…… 오빠가 간병해줬으니까 나도 하게 해줘."

그렇게 말하며 입을 삐죽대는 미우를 보고 나는 약간 열기가 담긴 한숨을 쉬었다.

"그럼―― 홍차를 끓여줘. 설탕도 넣고 주전자에 담아서 가져다줘."

"알았어! 나한테 맡겨!"

홍차 정도는 미우에게도 맡길 수 있으니 주전자에 담은 홍차를 머리맡에 두면 잘 때 땀을 흘려도 수분보급을 할 수 있다.

그리고 미우가 방에서 나간 틈을 타서 땀으로 젖은 옷을 벗고 잠옷으로 갈아입은 뒤 얌전히 침대에 누웠다.

　"부모님에게 감기에 걸렸다고 말해야지. 저녁 식사는 그렇다 치고 내일부터 미우의 점심이나……, 그리고 미우도 이제 막 나았으니 무리하면 안 되니까."

　감기에 걸렸는데도 미우의 식사 같은 것이 마음에 걸려서 나는 생각했던 것보다 마음이 편하지 않았다.

　그리고 감기가 완전히 나은 것은 사흘 뒤였다.

3장   심볼과 트레이드

미우를 며칠 간병해주고 나까지 감기로 드러누워서 아무래도 여러 사람들에게 걱정을 끼쳐버린 모양이다.

『윤 군도 감기 걸려서 드러누웠다면서? 몸은 괜찮아? 뮤우에게 감기를 옮았다던데.』

"괜찮아요. 그냥 환절기에 피곤해졌을 뿐이니까요."

프렌드 통신 너머로 걱정하는 마기 씨에게 괜찮다고 말했다.

감기가 나은 뒤 오늘 이런 설명을 몇 번째 한 걸까.

감기도 나아서 OSO에 로그인한 나를 기다리고 있던 것은 걱정해주는 지인 플레이어들이었다.

마기 씨와 클로드, 리리 같은 생산직 동료와 [아트리엘]의 단골 플레이어, 타쿠의 파티 멤버, 뮤우의 파티 멤버, 세이 누나와 미카즈치네 길드 [팔백만] 사람들, 에밀리 양과 레티아, 벨, 라이나와 알 등 많은 플레이어들이 메뉴의 프렌드 통신과 메시지로 걱정해주었다.

『그래, 하지만 무리하면 안 돼. 누나도 걱정했으니까.』

"죄송해요. 그래도 다들 너무 야단스러운 것 같은데. 며칠 로그인하지 않았을 뿐이잖아요."

순순히 사과했지만 역시 너무 야단스럽게 구는 것 같다.

OSO를 좋아하기도 하고, 시간이 나면 그때마다 로그인하긴 하지만 며칠 로그인하지 않은 적은 지금까지도 몇 번 있다.

『그렇긴 하지만 역시 감기라는 말을 들으면 걱정되지 않아? 나도 무심코 감기에 좋은 것에 대해 조사했으니까.』

그렇게 말하는 마기 씨의 호의가 고맙게 느껴져서 프렌드 통신 너머로나마 미소를 지었다.

『뭐, 윤 군의 감기가 나아서 다행이야.』

"걱정해주셔서 감사합니다. 그런데 마기 씨에게 질문이 있는데요, OSO의 노점 분위기가 좀 바뀌었죠?"

내가 노골적으로 화제를 돌리면서 오랜만에 [아트리엘] 바깥으로 나갔을 때 들었던 위화감에 대해 물었다.

"노점의 소재 가격이 전체적으로 올랐는데 그런 소재를 사용한 아이템이 유통되고 있는 것도 아니고요. 무엇보다 가격이 오른 아이템의 종류가 너무 많아요."

『아~, 그거 말이지.』

그렇게 중얼거린 마기 씨가 원인에 대해 말해주었다.

『저번에 업데이트로 추가된 NPC인 심볼 가게 기억나?』

"네. 저도 업데이트되었을 때 보고 심볼 주머니를 시험 삼아 샀어요."

우선 [스타 게이트]를 사용할 수 있는 최소한의 심볼은 확보해 두었다.

『그 심볼 가게의 하루 한 번 한정 납품 퀘스트. 특정한 소재를 가져가면 그에 맞는 심볼하고 교환해주니까 OSO 전체에서 그 소재 아이템의 가격이 오른 거야.』

"그렇군요. [아트리엘]의 포션에 사용하는 소재 중 몇 종류가 있어서 신경 쓰였는데 그런 이유 때문이라면 납득이 되네요."

제한이 있는 납품 퀘스트이긴 하지만 앞날을 내다보고 소재를 많이 사들였을 것이다.

아마 가격이 오르는 것은 일시적인 현상에 불과할 것이다.

당분간은 노점에서 소재 아이템을 파는 가격이 비싸긴 하겠지만 [아트리엘]의 포션 가격에까지 영향을 미치지는 않을 것 같다.

『뭐, 윤 군에게는 영향이 없겠지만…….』

"……? 마기 씨, 무슨 문제라도 있나요?"

『그게…… 한 가지 있어.』

마기 씨가 이야기해준 것은 내가 감기로 드러누워 있던 동안 OSO에서 일어난 사건이었다.

복각 시스템 [스타 게이트]에 필요한 아이템으로 미리 업데이트된 심볼에 [되팔이 길드]가 재빠르게 눈독을 들였다.

그리고 정해진 시간에 재고가 보충되는 심볼 가게의 [심볼 주머니]를 사재기하기 시작했다.

"네?! [되팔이 길드]가 심볼을 사재기해요?!"

『그래. 그래서 지금 심볼 가게에서 심볼을 얻기가 힘들어. 그리고 [되팔이 길드]의 노점에서는 각종 심볼을 비싸게 거래하고 있어.』

OSO의 판매 NPC들이 하루에 판매하는 상품 재고는 정해져 있어서 NPC제 상품을 무한정 제공해주지 않는다.

그 때문에 하루의 공급량이 부족해서 가격이 일시적으로 올라가기도 한다.

[되팔이 길드]는 그런 상황에서 길드 멤버들의 인력을 동원해 독점하고 가격을 부당하게 올려받고 있는 것이다.

"그, 그래도 심볼을 얻는 방법 중에는 심볼 가게에서 교환하는 방법도 있잖아요?!"

『뭐, 그렇기는 한데…….』

말꼬리를 흐린 마기 씨의 이야기를 들어보니 심볼 가게의 하루 한 번 한정 납품 퀘스트로 심볼을 교환해도 필요한 공급량을 채울 수가 없는 모양이었다.

그리고 레어 심볼을 교환하려면 그에 맞는 레어 소재가 필요하다.

[미궁거리]에 도달한 중견 플레이어들은 수수하게 심볼을 교환하기보다는 심볼 주머니의 랜덤 입수를 노리는 모양이지만…… 정작 중요한 심볼 주머니도 [되팔이 길드]가 독점하고 있다.

"곤란하네요."

『그렇다니까. 그리고 심볼은 생산 플레이어가 만들 수 없는 아이템이니까 대항수단이 없어.』

이제 심볼이 서서히 퍼지기까지 기다리면서 시간이 해결해주길 기대할 수밖에 없다.

『그래도 분하단 말이지~.』

"뭐, 그렇긴 하지만 [스타 게이트]가 업데이트될 때까지 시간이 남아 있으니 필요한 심볼을 교환으로 마련하려면 며칠 기다리거나 타협할 수밖에 없으니까요."

『그렇게 기다리거나 타협하는 걸 돈으로 해결하려는 사람들이 어느 정도 있으니까 [되팔이 길드]가 사라지지 않는 거겠지.』

그렇게 푸념하는 마기 씨.

이런 것도 [스타 게이트]를 기대하는 마음이 드러난 건가? 그렇게 느긋하게 생각했다.

그리고 감기에 걸린 탓에 OSO에 로그인하지 못해서 말하지 못했던 이야기를 마기 씨에게 했다.

"맞다, 마기 씨. 다음에 [운성 광석 조각]을 모으면 망가진 흑철제 피켈을 [운성강]을 써서 업그레이드 해주실 수 있나요?"

『오오! 그 레어 광석 말이지! 마침 지금 [아다만타이트 광석]을 주괴로 만드는데 고생하고 있어서 [대장] 센스의 레벨을 올리고 싶었는데!』

"그럼 잔뜩 모아서 가져갈게요."

『그래! 그래! 그럴 거면 하는 김에 윤 군의 고기 써는 식칼도 강화해버리자. 그리고 [운성 광석 조각]도 내 몫까지 모아줄래? 돈은 낼게.』

보아하니 [아다만타이트 광석]을 채굴하는데 흑철제 피켈을 여러 개 망가뜨린 모양이었다.

[아다만타이트 광석]으로 피켈을 만들지 못하는 지금, 흑철제 피켈을 망가뜨리는 것보다는 상위 피켈을 마련하는 게 나을 것 같다고 한다.

"알겠어요. 그럼 최대한 많이 모을게요."

『고마워, 덕분에 살겠네. 나도 [공룡 평원]까지 갈 수 있으면 좋겠는데.』

그런 이야기를 한 뒤 프렌드 통신으로 마기 씨와 잡담을 나누며 이야기꽃을 피웠다.

『그럼 윤 군. 또 봐.』

"네. 감사합니다."

마기 씨와 프렌드 통신을 마친 나는 뭘 할지에 대해 생각했다.

감기가 이제 막 나은 참이라 밤늦게까지는 하지 못한다.

[운성 광석 조각]을 채집할 수 있는 시간대는 밤 7시부터 아침 4시까지, 꽤 길다.

그렇기 때문에 비교적 이른 밤 시간대에도 모을 수 있다.

낮에 로그인할 때는 [아트리엘]의 상품을 보충하거나 밭을 관리하고 마을을 산책하면서 느긋하게 지내는 게 나을 것 같다는 생각이 든다.

"그럼 바로 소문이 자자한 심볼 가게로 가볼까."

나는 일어서서 오랜만에 뤼이와 자쿠로를 소환했다.

그러자 쓸쓸했는지 한껏 응석을 부리는 뤼이와 자쿠로를 보고 살짝 쓴웃음을 지으며 미니 포탈을 통해 목적지로 이동했다.

그리고──.

"이곳이 [심볼 가게 본점]인가?"

심볼 가게 노점은 OSO의 지정된 위치에 나타난다.

하지만 소재를 심볼로 교환해주는 퀘스트 NPC가 있는 곳은 [미궁거리]에 있는 [심볼 가게 본점]뿐이다.

"우와…… 사람들이 모여 있네."

그 심볼 가게 앞에는 긴 줄이 있었고, 나와 뤼이, 자쿠로는 그것을 보고 주눅이 들었다.

"어쩔 수 없으니 시간이 좀 지나면 다시 올까? 그건 그렇고 이건 대체 뭐야?"

"뭐야. 처음 보나?"

내가 그렇게 중얼거리자 근처에 있던 노점상 플레이어가 말을 걸었다.

"그래, 감기에 걸려서 며칠 정도 OSO에 로그인하지 않았거든. 심볼을 얻기 힘들다는 말은 들었는데 이 정도일 줄 몰랐어."

말을 건 노점상 플레이어도 나와 마찬가지로 줄을 보면서 상황에 대해 설명해주었다.

"저 줄은 심볼 주머니의 재고가 다시 채워지는 타이밍을 노리는 플레이어들이야. 본점에는 재고가 많고 습지대 에리어가 중견 이하의 플레이어들을 걸러내니까. 그래서 구입할 수 있는 확률이 다른 곳보다 높거든. 그리고 노점보다 재고가 많으니까 되팔이 길드도 독점하기 힘들고. 하지만──."

그렇게 말한 노점상 플레이어는 줄에서 눈을 돌리고 다른 곳에 있는 노점을 바라보았다.

"저렇게 바로 코앞에서 심볼을 되팔고 있단 말이지."

상품들의 가격은 각종 심볼이 수십만 G, 레어 심볼이 200만 G. 업데이트된 모든 심볼을 컴플리트한 [심볼 홀더]는 1000만 G로 팔고 있어서 깜짝 놀랐다.

"우와, 이야기를 듣긴 했는데 저런 곳에서 파는 거야?"

"이 소동이 언제쯤 잠잠해지려나. 여기서 항상 노점을 내는데 사람들이 너무 많아서 플레이어들이 꺼린단 말이야."

그렇게 말하며 어깨를 으쓱이는 노점상 플레이어.

그가 파는 상품은 심볼 교환 소재가 아니었지만 [조합] 센스에 사용하는 소재가 많았고, 가격이 시가보다 약간 비싸긴 했지만 오차범위 이내였다.

"그럼 이 생산소재를 팔아줄래?"

"오, 사준다면 고맙지! 감사!"

그런 말을 들으며 가격이 올라간 만큼은 정보료라고 생각하며 잔뜩 샀다.

그런 다음 [심볼 가게 본점]에서 사람들이 줄어들 때까지 [미궁거리]의 경치를 즐기면서 뤼이와 자쿠로를 데리고 산책했다.

시간이 좀 지난 뒤 다시 [심볼 가게 본점] 앞으로 돌아오자 심볼 주머니는 매진되었고 모여 있던 플레이어들도 얼마 남지 않았다.

하지만 남아 있던 플레이어도 있었다.

그런 플레이어는——.

"이번이 몇 번째냐고! 레어 심볼 떠라!"

심볼 주머니를 여러 개 들고 있던 그 플레이어는 다른 플레이어들 앞에서 주머니를 하나씩 열고 안에 들어있던 심볼을 들어 올렸다.

이미 가지고 있던 심볼을 얻었을 때는 주위에서 웃으며 위로해주었다.

신규 심볼을 얻었을 때는 주위에서 축하해주었다.

레어 심볼을 얻었을 때는 본인은 기뻐하는데 주위에서 야유를 보냈다.

분위기가 약간 독특한 오락거리가 생겨나고 있었다.

그리고 레어 심볼을 얻은 플레이어는 [되팔이 길드]의 노점으로 달려가 팔아버렸다.

"아, 그래서 [되팔이 길드]도 사라지지 않는구나."

잘 살펴보니 심볼을 되팔기만 하는 것이 아니라 사들이기도 하고 있었다.

그렇게 사들이는 가격에 정신이 팔린 플레이어가 심볼을 구하려 하고 [되팔이 길드]에 팔기 때문에 심볼 부족 현상이 계속 이어지는 건가 하는 생각이 들었다.

"정말 시간이 지나서 진정되는 걸 기다릴 수밖에 없나?"

일종의 축제 상태가 된 걸 보니 어쩔 수 없나 하는 생각도 들었다.

한편 심볼 가게 앞에서 조금 떨어진 곳에서 조심스럽게 심볼 주머니를 열어보는 플레이어들도 있었다.

그런 플레이어들 중에서 낯익은 두 사람을 발견했다.

"이제 겨우 확보했어!"

"그래, 라이. 예산 때문에 겨우 하나씩 샀지."

"자, 알. 열어보자. ──"하나, 둘!""

낯익은 후배 플레이어 두 명이 동시에 심볼 주머니를 열고 내용물을 확인했다.

"커먼 심볼 [짐승]."

"나는 언커먼 [식물]이야."

"으으으, 알에게 졌어!"

발을 동동 구르는 라이나와 [식물] 심볼을 손으로 굴리며 기뻐하는 알.

말을 걸어야 하나, 그렇게 생각하며 바라보고 있자니 라이나와 알이 나를 보고 내 쪽으로 달려왔다.

""──윤 씨!""

"그, 그래. 프렌드 통신으로 이야기하고 또 보네?"

내가 고개를 갸웃거리고 의아해하며 대답했다.

라이나와 알, 두 사람은 걱정스러워하면서도 기뻐하며 표정이 빠르게 변했다.

"윤 씨야말로 감기 걸렸다고 들었는데 괜찮아?"

"덕분에 감기는 나았어."

"다행이네요. 윤 씨도 심볼 주머니를 사러 오셨나요?"

라이나는 감기가 나았다는 말을 듣고 안심한 모양이었고, 알은 내가 이곳에 있는 이유를 물었다.

"심볼 주머니가 아니라 심볼 교환 쪽으로 볼 일이 있어서. 좀 전까지 사람들이 줄을 길게 서 있길래 줄어들 때까지 기다렸다가 돌아온 거야."

그렇게 설명하자 라이나가 흥미 없는 척하며 힐끔힐끔 보았다.

"그, 그래서 윤 씨는…… 어떤 심볼하고 교환하러 온 거야?"

그렇게 뻔히 보이는 모습을 보고 나는 살짝 쓴웃음을 지으며 대답했다.

"그래, [별] 심볼로 교환하러 왔어. 마침 소재가 모여서."

"[별]이라면 레어 심볼이잖아요! 역시 윤 씨는 대단해요!"

알은 눈을 반짝이며 나를 바라보았지만, 오히려 그런 순수한 시선이 내게는 눈부셨다.

생산직으로 간간히 해나가고 있을 뿐이라 조만간 라이나와 알에게 추월당하지 않을까 하는 생각도 들었다.

"그럼 나는 심볼을 교환하러 갈 건데——"견학할게요!"

——알았어.

그렇게 말하며 내 뒤를 따라오는 라이나, 알과 함께 [심볼 가게 본점]으로 갔다.

"실례합니다. 심볼 교환을 부탁드리고 싶은데요."

"네. 어서 오세요. 어떤 심볼과 소재를 교환해드릴까요?"

하루 한 번 한정인 납품 퀘스트── [심볼 교환].

그 퀘스트로 교환하는 심볼의 교환 비율표를 꺼내는 여자 NPC.

나는 망설임없이 [별] 심볼과 [운성강] 주괴 두 개의 교환 비율을 선택하고 인벤토리에서 소재를 꺼냈다.

"알겠습니다. 이게 [별] 심볼입니다. 또 와주시기 바랍니다."

그렇게 말하자 각 플레이어들이 하루에 한 번 밖에 교환할 수 없는 심볼 교환이 이루어졌다.

"꽤 사무적인데. 레어 심볼이니까 뭔가 좀 더 있어도 되잖아."

"나는 이거면 돼."

쓴웃음을 지으며 라이나의 머리를 쓰다듬자 어린애 취급한다고 토라졌다.

그리고 알은 심볼 교환 비율을 확인하고 있는 것 같았다.

"알도 소재가 있으면 심볼로 교환하지?"

"저는 괜찮아요. 소재도 없고."

알은 그렇게 말하며 곤란하다는 듯이 웃었지만 좀 전에 보고 있던 심볼 교환 비율표를 들여다보았다.

알이 보고 있던 교환 비율은 전부 다 커먼 심볼이어서 모으기 쉬운 소재가 많았다.

그만큼 심볼을 교환하려면 그에 맞는 숫자의 소재 아이템이 필요하다.

하지만──.

"커먼 심볼을 교환하는데 필요한 소재는 대상을 좁히면 교환할 양만큼은 금방 모을 수 있어."

"윤 씨, 그게 정말인가요?"

"그래, 그런데 어떤 심볼을 가지고 싶은데?"

내가 묻자 라이나와 알, 두 사람은 동시에 [숲] 심볼을 선택했다.

두 사람이 가리킨 소재를 효율적으로 모을 수 있는 장소를 떠올렸다.

"그거라면 제2마을 근처 숲에서 많이 모을 수 있어."

"정말?! 윤 씨만 있으면 든든하지!"

"라이, 윤 씨는 이제 막 감기가 나았으니까 무리하면 안 돼."

그런 이야기를 주고받으며 오랜만에 라이나, 알과 함께 파티를 짜고 소재를 채집하러 갔다.

기본적으로 채집을 중심으로 하고 성장한 라이나와 알이 나를 지켜주었다.

그리고 나는 두 사람의 전투를 보조해주기 위해 인챈트를 사용하고 채집해서 [숲] 심볼을 교환할 수 있는 소재를 모을 수 있었다.

라이나, 알과 소재 채집을 마치고 두 사람은 무사히 [숲] 심볼을 교환할 수 있었다.

이제 라이나와 알이 구입한 심볼을 합치면 3개.

[스타 게이트]를 열기 위한 최소 심볼 코드를 제작할 수 있게 되었을 것이다.

그런 다음 두 사람과 헤어져서 혼자 느긋하게 지냈다.

내 OSO에서의 일상은 [아트리엘]의 약초밭을 관리하면서 [한산 포도]와 [벽백 포도] 묘목 두 종류를 유리 하우스에서 키우고 밭에서 키운 약초로 포션을 만드는 것이다.

그리고 [벽백 포도]를 소량이나마 딸 수 있게 되었기에 [숲의 혈명주]의 조합 비율을 참고하면서 통에 새로운 술을 담았다.

그때, [숲의 혈명주]도 담그고 완성되면 와인 조림이나 비프 스튜, 고기 요리를 하는 상상을 했다.

그리고 밤이 되면 [운성 광석 조각]을 찾아 뤼이, 자쿠로와 함께 [공룡 평원]에서 유성을 쫓아다녔다.

가끔 유성을 기다리던 동안 랩터 무리나 온순한 초식공룡 MOB과 즐거운 시간을 보내기도 했다.

그렇게 OSO에서 활동하면서 짬짬이 [심볼 가게 본점]에 가서 심볼을 교환했다.

늘어난 심볼은 현재 레어 1종류, 언커먼 1종류, 커먼 5종류로 [심볼 홀더]에 보관해두었다.

여전히 [되팔이 길드]로 인해 심볼 가격이 계속 올라간 상태였고, 진정될 기미가 보이지 않았다.

그런 내게 심볼에 대해 푸념하려는 사람이 두 명 왔다.

"윤…… 노리고 있는 레어 심볼을 얻을 수가 없어."

세이 누나는 심볼 가게에서 심볼 주머니를 계속 사고 있지만 물욕 센서가 가동되고 있어서 그런지 마지막 레어 심볼을 얻지 못하고 풀죽은 상태였다.

"아, 세이 누나는 컴플리트 보수를 노리는구나."

"이제 레어 1종류, 언커먼 1종류, 커먼 2종류만 남았는데 좀처럼 안 나와."

그렇게 말하며 내 앞에서 푸념을 늘어놓는 세이 누나.

카운터 너머에서 나란히 서 있던 또 다른 방문자인 타쿠도 불만이라는 듯이 중얼거렸다.

"나는 심볼을 전혀 얻을 수가 없어."

"뭐, 세이 누나는 확률이니까 뭐라 할 수가 없는데. 타쿠 너는 심볼 주머니 안 사? 아니면 교환으로 얻던가."

"심볼 주머니는 살 타이밍을 놓쳐서 못 얻었고, 심볼을 교환하는 방법도 있긴 하지만 [대장장이] NPC에게 수집용 무기를 만들어달라고 하고 있어서 소재가 부족해."

그러면 [대장장이] NPC에게 무기를 만들어달라고 하는 걸 줄이면 되잖아, 그렇게 마음속으로 중얼거렸다.

그랜드 록 몸속에 있는 [대장장이] NPC에게 필요한 소재를 주면 그에 맞는 무기를 만들어준다.

그리고 랜덤으로 NPC제 추가효과가 붙기 때문에 조합에 따라서는 플레이어가 만든 무기에 버금가는 성능을 지닌 무기를 얻을 수 있고 타쿠는 거기에 푹 빠진 모양이었다.

"돈은 꽤 있긴 한데, 그렇다고 그런 가격에 심볼을 살 마음은 없거든. 그래서 심볼은 하나도 없어."

그렇게 말하고 신기하게도 한숨을 쉬는 타쿠.

"뭐, 그렇지. 그 가격은 너무 비싸잖아."

"그렇지? 그래서 심볼 쪽은 미뤄도 괜찮겠다 싶거든. 아니면 [스타 게이트]를 사용할 때는 간츠나 다른 사람에게 맡겨도 될 것 같고."

그래도 되는 거야? 그렇게 생각하며 타쿠를 흘겨보긴 했지만, [스타 게이트]는 필요한 심볼만 있으면 심볼 코드를 만들 수 있다.

모두가 같은 심볼을 가지고 있을 필요는 없고, 파티 중 누군가, 또는 모두가 각각 필요한 심볼을 모으기만 하면 된다.

"뭐, 모두가 하나씩 심볼을 선택해서 만든 던전에 도전해 보는 것도 재미있을 것 같긴 한데."

그렇게 운을 시험하는 던전을 생각하니 두근거리는지 타쿠도 씨익 웃었다.

"그런데 윤은 무슨 이야기 못 들었어? [생산 길드] 쪽에서 심볼 가격 대책을 세웠다든지."

세이 누나가 기대하는 눈빛으로 물어보았지만 나는 고개를 저었다.

"아쉽지만 효과적인 수단은 시간이 해결해줄 때까지 기다리는 것밖에 없어."

생산직이 만들 수 없는 아이템이기 때문에 유통되는 양을 늘릴 수도 없어서 당분간은 [되팔이 길드]의 독점 상태가 계속될 것 같다.

그리고 [생산 길드]가 심볼에 손을 댄다 해도 안정된 가격으로 계속 제공하는 것은 힘들다.

경매에서 적당한 가격을 정하려 해도 마찬가지로 새로운 콘텐츠에 대한 기대 때문에 [되팔이 길드]의 가격과 별다른 차이가 나지 않을 것 같은 상황이 예상된다.

"그래도 조금씩 [되팔이 길드]의 심볼 가격이 떨어지고 있어. 뭐, 조금씩이긴 하지만."

레어 심볼의 가격은 변함이 없지만 희귀도가 낮은 커먼 심볼은 [되팔이 길드]에서 사들이는 가격을 낮췄고, 그에 맞춰서 판매하는 가격도 떨어지기 시작하고 있었다.

하지만 그래도 아직 망설여지는 가격인 건 마찬가지다.

"그렇지. 커먼 심볼이 심볼 주머니 가격보다 떨어지면 안정될 거야."

지금 심볼 주머니의 가격은 개당 5만 G지만, 사들이는 가격은 희귀도가 낮은 커먼 심볼도 10만 G, 항상 이익이 나는 상황이다.

하지만 사들이는 가격이 2~3만 G가 되면 심볼 주머니를 사러 몰려드는 사람들도 줄어들 것이다.

그래도 그렇게 되려면 커먼 심볼을 대량으로 유통시켜야만 한다.

"그래도 역시 기다릴 수밖에 없나?"

"가지고 싶은 심볼을 소재하고 교환해서 얻어버릴까?"

그렇게 말하며 한숨을 쉬는 타쿠와 세이 누나.

나도 별다른 생각 없이 얼마 전에 있었던 일을 잡담의 화제 중 하나로 이야기했다.

"나는 저번에 알고 지내는 플레이어하고 같이 커먼 심볼 교환 소재를 모았어. 종류를 정해서 효율 좋게 모으니까 꽤 빠르게 끝났는데."

""……윤, 그게 사실이야(이니)?""

타쿠와 세이 누나가 나를 다그치듯이 물었기에 깜짝 놀라면서도 고개를 끄덕였다.

"그, 그래. 범용 소재가 꽤 많으니까 집중적으로 모으면 금방이야."

나는 그렇게 말하고 [심볼 홀더]에 적혀 있는 커먼 심볼 40종류와 교환할 때 필요한 소재를 적기 시작했다.

그리고 소재를 효율 좋게 모을 수 있는 에리어를 손수 그린 OSO 지도에 적어나갔다.

"어……, 미처 눈치채지 못했네. 이 정도 범위라면 부족한 커먼 심볼 교환 소재도 금방 모을 수 있겠어."

"그래, 심볼의 가격도 해결할 수 있을지 몰라."

그 지도를 보고 타쿠와 세이 누나는 뭔가 깨달은 모양이었다.

"윤, 용케 이걸 눈치챘구나. 아니, 데이터는 전부터 있었지. 그거하고 합쳐서 생각하면 되는 거였는데."

"윤, 대단해. 이건 주로 소재를 수집하는 윤이라서 가능한 발견이야!"

"저기, 뭔가 알아낸 거야?"

내가 지도를 만들었는데도 혼자 모르고 있는 상태에서 그렇게 묻자 타쿠가 천천히 설명해주었다.

"윤, 심볼을 가지고 싶어하는 플레이어는 어떤 플레이어들일 것 같아?"

"어떤 플레이어냐니, 모든 플레이어가 그런 거 아니야?"

새로운 콘텐츠라면 모두가 신경 쓰일 것이다.

하지만 타쿠는 고개를 저었고, 대신 세이 누나가 설명해주었다.

"[스타 게이트] 오브젝트가 설치되어 있는 곳은 [미궁거리]였어. 그러니까 필연적으로 거기에 도달한 플레이어들만 이용할 수 있는 콘텐츠지."

그리고 거기에 도달한 플레이어들 모두가 심볼에 관심을 가지고 있는 것은 아니다.

각 플레이어들에게는 플레이할 수 있는 시간이 한정되어 있고, 그 범위 내에서 OSO 세계를 즐기고 있다.

그 때문에 아직 업데이트되지 않은 콘텐츠에 플레이 시간을 많이 투자할 수 있는 플레이어는 별로 없다.

"그런 플레이어가 짬짬이, 모험을 하면서 소재를 모아두는 거지. 그런 플레이어가 늘어나면 자연스럽게 심볼을 교환하는 숫자가 늘어나서 유통되는 양도 늘어날 거야."

그리고 지금은 [되팔이 길드]가 비싸게 사들이고 있다. 교환해서 [되팔이 길드]에게 팔면 용돈을 벌 수도 있다.

"하지만 그것만으로는 부족하지. 이제 막 초보를 벗어난 플레이어들이 상대하기 적당한 MOB의 드롭 아이템이 커먼 심볼을 교환하는데 필요한 소재야. 그런 플레이어들을 [미궁거리]로 데리고 와서 포탈을 등록시킬 수 있다면……."

돈을 벌기 위해 심볼을 교환해서 파는 플레이어들이 생긴다.

"그 결과—— 예전보다 심볼이 유통되는 양이 늘어나지."

하루에 한 번만 교환할 수 있는 심볼 교환 납품 퀘스트.

하지만 많은 플레이어들이 심볼을 교환할 수 있게끔 하면 커먼 심볼의 가격을 낮출 수 있다.

그리고——.

"그렇구나. 습지대 보스는 다크맨이지."

일정한 형태가 없는 그림자가 인간 형태로 변하고 분열해서 습격하는 보스 MOB 다크맨.

습지대 에리어의 보스 MOB이긴 하지만 전투가 특이하다.

일정 시간 이내에 쓰러뜨리지 못하면 드롭 아이템 등을

얻을 수 없고 사라져버린다.

하지만 반대로 말하자면 일정한 시간 동안 살아남기만 하면 드롭 아이템을 얻을 수는 없지만 승리 판정이 되기 때문에 습지대를 지날 수 있다.

"그러니까 다크맨과 전투를 벌이면서 버티는 건 그렇게 어렵지 않아."

앞장서서 안내해주는 플레이어가 한 명만 있으면 간단히 해낼 수 있을 것이다.

"그런데 그렇게 간단히 심볼이 유통되는 양을 늘릴 수 있을까?"

얼마나 많은 플레이어가 아직 심볼을 교환하지 못했고, 또 얼마나 많은 플레이어들이 심볼을 교환할 수 있게 만들 수 있을까.

그런 구체적인 숫자를 모르는 상황에서는 실제로 효과가 있을지 알 수가 없다.

하지만 타쿠와 세이 누나는──.

"딱히 실패해도 상관없잖아? 그냥 앞장서서 플레이어들을 안내해주고, 조언 같은 걸 좀 해주는 정도니까. 실패해도 심볼 가격이 올라가는 건 아니잖아?"

"그래. 그리고 [팔백만]의 상위 플레이어들은 다음 달 원정을 준비하고 있지만 중견 이하는 전력이 안 돼서 원정에 참가하지 못해. 그러니까 그렇게 심심해하는 애들을 위해서 즐길 거리를 만들어줄 수도 있으니 마침 잘됐네."

그렇게 실패해도 상관없다, 즐겁기만 하면 된다고 딱 잘라 말하는 타쿠와 세이 누나를 보고 나는 납득하며 살짝 쓴웃음을 지었다.

　"하지만 한 종류의 심볼을 집중적으로 교환하더라도 [심볼 홀더]에 보관할 수 있는 건 종류 마다 10개까지잖아. 그런 다음에는 다른 심볼의 교환 소재를 모으는 거야?"

　"그래도 되겠지만 나는 10개 이후로 남은 심볼은 플레이어들끼리 심볼을 트레이드하는 게 나을 것 같아."

　세이 누나가 한 말을 듣고 타쿠가 익숙하지 않은 에리어에서 소재를 모으는 것보다는 그러는 게 더 효율적이라고 말했고, 그렇게 생각할 수도 있겠다며 납득했다.

　"그렇구나. 플레이어들끼리 트레이드하는 방법도 있겠어."

　"그래. 초보를 벗어난 플레이어들에게 심볼을 교환할 수 있게 해주면서 트레이드할 곳도 마련해주면 플레이어들끼리 심볼을 유통시켜서 가격도 안정되지 않을까?"

　세이 누나와 타쿠의 머릿속에서는 점점 여러 가지 아이디어가 맴돌고 있는 것 같다.

　"자, 바빠질 거야. [생산 길드]의 마기에게도 협력을 부탁해야지."

　"나도 아는 사람들에게 말해볼게."

　내게 하고 싶은 말만 하고 속이 시원해진 두 사람은 바로 떠오른 아이디어를 실현하기 위해 움직이기 시작했다.

　"타쿠, 세이 누나. 나도 도와줄 수 있는 게 있을까?"

이렇게 플레이어들이 나서서 축제를 벌이는 것 같은 상황에서는 내가 할 수 있는 게 별로 없긴 하지만 그래도 도울 수 있는 게 없을까 하고 물어보았다.

"그래. 그냥 초보를 벗어난 플레이어들을 심볼을 교환할 수 있게끔 해준다고 하면 반응이 애매할지도 모르겠지만 그런 건 이쪽에서 얼마든지 조정할 수 있으니까."

"그, 그렇구나……."

그 말을 들은 나는 살짝 풀 죽었다.

그런 내게 세이 누나가 제안했다.

"그렇다면 윤이 즐기는 쪽으로 가는 게 어때?"

"내가?"

"윤은 심볼을 교환하는데 필요한 소재를 효율적으로 모으는 방법을 알고 있지? 그렇다면 심볼 트레이드에 참가해보지 않을래?"

당일까지 내가 모을 수 있는 심볼을 얻어서 다른 플레이어들과 심볼을 트레이드하며 즐긴다.

나는 세이 누나의 제안을 듣고 고개를 끄덕였다.

"……알았어. 그럼 그 트레이드에 참가해볼게."

그런 다음 나는 세이 누나와 타쿠를 [아트리엘]에서 배웅했다.

그리고 심볼 트레이드 당일이 될 때까지 밤에 [공룡 평원]으로 가서 뤼이, 자쿠로와 함께 [운성 광석 조각]을 찾아 뛰어다니는 나날이 계속되었다.

그로부터 1주일이 지났고, 타쿠와 세이 누나는 알고 지내는 플레이어들에게 협력을 요청하며 심볼이 유통되는 양을 늘리기 위한 대책을 세우기 시작했다.

초보에서 벗어난 플레이어를 중심으로 지원해주는 대책이 조잡하게나마 바로 시작되었다.

처음에는 이야기를 들은 플레이어들이 소속 길드 중에 [미궁거리]에 도달하지 못한 플레이어들을 데리고 가서 심볼을 교환할 수 있는 사람들을 늘렸다.

그렇게 안내한 경험을 토대로 즉석 파티를 안내하거나 지원해주면서 서서히 지원의 폭이 늘어나기 시작했다.

그런 한편 심볼을 트레이드하는 장소도 준비가 착착 진행되고 있었다.

그리고 오늘――.

"윤 군, 사람이 꽤 많이 모였어."

"그렇죠. 여기가 세이 누나가 말했던 심볼을 트레이드하는 곳인데."

나와 마기 씨는 심볼을 트레이드하는 곳에 모여 있었다.

심볼을 여러 개 모은 플레이어가 원하는 심볼을 찾아 다른 플레이어와 교섭하는 트레이드 장소에서 나는 조금 불안해졌다.

"우리 심볼은 이것밖에 없는데 괜찮을까요?"

"괜찮아. 뭐니뭐니해도 레어 심볼이니까."

나는 오늘까지 [운성 광석 조각]을 모았지만 그 소재는 다른 곳에도 써야 했다.

망가진 흑철제 피켈과 고기 써는 식칼 중흑을 업그레이드하려고 마기 씨의 [오픈 세서미]에 소재를 가져갔다.

그때 타쿠와 세이 누나가 이야기했던 심볼 트레이드에 대해 말하자 마기 씨가 관심을 보였다.

『그 이야기는 듣긴 했는데, 트레이드 말이지. [운성 광석 조각]을 모으는데 나도 껴도 될까?』

『물론이죠.』

그렇게 [운성 광석 조각]을 모으는데 마기 씨와 파트너인 펜릴 리쿠르가 참가하게 되었다.

마기 씨는 우선 [비룡 산맥]을 넘어갈 필요가 있었고, 내가 산길을 안내하며 리쿠르의 기동력을 이용해 와이번에게 들키지 않고 빠져나올 수 있었다.

[공룡 평원]에 도착한 나와 마기 씨는 밤, 유성이 떨어지는 시간대에 둘이서 [운성 광석 조각]을 모았다.

혼자 모을 때보다 수집 효율이 올라가서 내 피켈과 고기 써는 식칼에 필요한 소재를 빠르게 확보할 수 있었다.

그래서 마기 씨에게는 소재와 피켈, 고기 써는 식칼을 맡기고 강화를 부탁했다.

그것 말고도 루카토 일행이 무기를 강화해달라는 의뢰를 받아서 시간이 좀 걸리는 모양이었다.

그리고 남은 소재는 하루에 한 번 한정인 심볼 교환 납품 퀘스트용으로 써서 세 종류밖에 없는 레어 심볼 중 [별] 심볼로 교환했다.

그 결과 우리가 가지고 있는 심볼은 내 [별] 레어 심볼 7개, 그리고 커먼 3종류 1개씩.

마기 씨는 [별] 레어 심볼 4개.

그리고 남은 [운성강]으로 교환한 [별] 심볼 하나를 공유물로 삼아 이 심볼 트레이드 장소에 와 있었다.

여담이긴 하지만 마기 씨와 함께 [운성 광석 조각]을 모을 때 자쿠로가 빙의한 내 모습을 보여주거나, 성수화한 리쿠르의 등에 태워달라고 하니 뤼이가 질투하는 등, 즐거운 시간을 보냈다.

"마기 씨는 노리는 심볼 같은 게 있나요?"

"음~. 나는 금속 계열이 연상되는 심볼, [산]이나 [쇠], 그리고 [흙] 같은 거?"

베타 시절의 [스타 게이트]와 [심볼]을 토대로 각 심볼의 효과는 대충 알려져 있고, 나도 확인했다.

내가 마기 씨다운 선택이라며 살짝 쓴웃음을 짓고 있자니 마기 씨가 내게 똑같은 질문을 했다.

"윤 군은 노리는 심볼 있어?"

"네? 저요? 딱히 생각 안 해봤는데……."

그렇게 말하고 [심볼 홀더] 페이지를 넘긴 다음 희미한 색으로 표시되어있는 미소지 심볼 페이지를 확인하며 생각했다.

"굳이 말하자면…… [맑음]요."

"어머, 날씨 심볼은 좀 의외네. 윤 군이라면 포션의 소재에 관련이 있을 법한 [숲] 같은 걸 고를 줄 알았어."

하긴, 그 심볼도 필요하긴 하지만 트레이드를 하지 않더라도 가지고 있는 소재로 심볼 가게의 납품 퀘스트를 하면 얻을 수 있다.

"그냥 느긋하게 지낼 수 있는 곳의 날씨가 맑으면 좋겠다 싶어서요."

"아, 하긴 베타 버전의 [스타 게이트]에는 MOB이 없는 에리어도 있었지."

"그러니까 [맑음] 심볼로 날씨가 확실히 맑고 MOB이 없는 에리어에 뤼이와 자쿠로를 데리고 갔으면 해요."

요즘 산책은 대부분 밤에 [공룡 평원]으로만 가기 때문에 햇빛 아래에서 마음껏 달리게 해주고 싶다.

"그럼 힘내서 심볼을 트레이드해야지!"

"네! ……그런데 어떻게 말을 걸면 될까요?"

심볼의 가치나 트레이드의 환율 같은 걸 잘 모르겠다.

그리고 아이템을 트레이드하거나 교섭한 경험은 있긴 하지만, 그렇게 많이 한 건 아니기에 자신도 없다.

"그럴 때는 말이지, 저걸 보고 참고하면 어떨까?"

마기 씨가 손가락으로 가리킨 곳에는 [되팔이 길드]가 설정한 각 심볼의 가격을 기준으로 삼은 교환 비율이었다.

레어 심볼 한 개가 200만 G, 언커먼은 50만 G, 커먼은 10만 G 정도의 가치로 설정되어 있었다.

——하지만 저건 어디까지나 트레이드할 때 참고하는 정도일 뿐, 양쪽 플레이어가 납득하면 교환하는 내용이 달라지기도 한다.

"우선 나부터 가볼게. 우리는 세 종류밖에 없는 레어 심볼 중 하나를 여러 개 가지고 있으니까 적극적으로 나서보자!"

말은 그렇게 했지만 마기 씨도 누구에게 말을 걸어야 할지 망설이면서 트레이드 장소에서 나와 함께 돌아다니다 보니 누군가가 말을 걸었다.

"거기 누님들, 잠깐 괜찮을까? 나하고 트레이드하지 않을래?"

"그래. 그럼 [심볼 홀더]를 공개하자."

한 남자 플레이어가 나와 마기 씨를 불러세웠고, 마기 씨가 대답했다.

누님들이라고 부르며 여자 취급한 것을 약간 불만스러워하면서 마기 씨와 그 남자 플레이어가 흥정하는 모습을 지켜보았다.

"호오, 누님. [별] 심볼을 가지고 있구나."

"그래. 뭐, 줄 수 있는 건 이거 하나뿐이지만. 그런데 뭘로 교환할 거야?"

[별] 심볼에 흥미가 생겼는지 자신의 [심볼 홀더] 페이지를 넘기며 고민하는 남자 플레이어.

"누님, 이건 어때? 이 희귀한 심볼 말이야."

그렇게 말하며 심볼 하나를 보여주는 남자 플레이어.

심볼을 겉으로 보기에는 희귀도를 알 수는 없지만, 그가 제시한 것은 [평원] 심볼이라는 커먼 심볼이었다.

척 보기에도 교환 비율에 못 미치는 제안을 듣고 마기 씨는 말도 안 된다며 거부했다.

"안타깝지만 커먼을 레어로 속이려고 하는 상대와는 트레이드하지 않을 거야. 필요하다면 비슷한 레어 심볼이나 여러 개의 심볼을 줘야지."

가자, 윤 군. 마기 씨는 그렇게 말하고 재빨리 교섭을 끝낸 뒤 그 자리에서 떠나려 했다.

남자 플레이어도 쫓아오려 했지만, 주위에서 마기 씨와 이야기를 나누는 모습을 보고 있던 플레이어들이 몸으로 가로막으려 방해해주었다.

"마기 씨, 저렇게 희귀도를 속이려 하는 플레이어도 있네요. 그런데 그렇게 쌀쌀맞게 대해도 되나요?"

"괜찮아, 괜찮아. 처음부터 속일 생각으로 교섭에 나서는 플레이어를 상대하면 골치 아프니까. 그리고 가지고 있던 심볼을 전부 받아도 비율이 안 맞아."

힐끔 보기에는 커먼 심볼이 몇 종류 있을 뿐, 숫자도 얼마 되지 않았다.

나는 방금 본 남자 플레이어를 금방 잊어버리고 다음 교환 상대를 찾아 트레이드 장소를 돌아다녔다.

그동안 마기 씨와 함께 여러 가지 트레이드 장면을 보았다.

남은 커먼 심볼을 교환해서 종류를 늘리는 플레이어들.

레어 심볼 하나를 가지고 있는 플레이어와 파티가 각각 언커먼 심볼을 하나씩 주면서 교섭하는 플레이어.

특정한 심볼에 집착하면서 그것만을 최대한 회수하려 하는 플레이어.

트레이드를 즐기는 법이나 납득할 수 있는 기준은 사람마다 다른 모양이었다.

그리고 나와 마기 씨가 다음으로 트레이드할 상대는——.

"컴플리트를 노리고 있어요! 저희하고 트레이드하실래요?"

"그렇다면 여러 종류의 심볼을 여러 개 가지고 있다는 건가?"

마기 씨는 그렇게 말하고 그 플레이어에게 다가갔다.

"좀 물어봐도 될까? 부족한 심볼은 어떤 게 있어?"

"레어인 [별]하고 달, 언커먼인 [어둠], 이렇게 세 종류예요."

"그럼 마침 내게 [별] 심볼이 있으니까 트레이드할래?"

"그래도 되나요?! 감사합니다! 뭘로 하실래요?!"

[심볼 홀더]를 보여준 상대 플레이어는 정말 50종류의 수납칸을 거의 다 채운 상태였다.

그리고 커먼과 언커먼 심볼 수납칸에는 여러 개가 수납되어 있는 것 같았다.

"꽤 많이 있네. 그런데 어떻게 얻은 거야?"

"이 [심볼 홀더]는 길드에서 공유하기로 했어요. 길드 멤버들이 [스타 게이트] 콘텐츠가 업데이트 되었을 때 마음에 드는 에리어로 갈 수 있게끔 컴플리트 해두자고 정한 거죠."

여러 플레이어가 협력했기에 이렇게 많이 모았구나, 나와 마기 씨는 그렇게 납득했다.

"트레이드는 어떻게 하실래요? 사실 홀더에 넣지 못한 심볼이 다른 홀더에도 있거든요. 종류만 상관없다면 커먼 20개와 교환했으면 하는데요."

"나는 그래도 상관없어."

마기 씨도 그 트레이드 조건을 받아들이고 [평원]과 [산]의 지형 심볼, [물]과 [바람]의 속성 심볼을 3개씩, [아인], [짐승]의 몬스터 심볼을 네 개씩 교환했다.

"감사합니다. 이제 컴플리트로 한 걸음 더 나아갔네요!"

"나도 종류하고 숫자가 늘었으니 잘됐네."

그렇게 말하고 고개를 숙여 인사한 다음, 그 길드 마스터 플레이어와 헤어졌다.

"마기 씨, 솜씨가 대단하시네요."

"딱히 그렇지도 않아. 이제 종류를 늘리기 위해서 남은 커먼 심볼을 다른 커먼 심볼하고 교환하면 되려나?"

하지만 그 전에, 이제 윤 군 차례야 하고 기대에 찬 눈초리로 바라보며 미소를 지었다.

"저도 교환을 하긴 해야죠."

"그래. 윤 군, 힘내!"

나는 마기 씨에게 응원을 받으며 마음을 굳게 먹고 근처에 있던 플레이어에게 말을 걸었다.

"저, 저기! 저하고 트레이드해주세요."

"그래. 뭘 줄 수 있어?"

남녀 혼성 파티가 아무렇지도 않게 대답해주었기에 안심했다.

나는 [심볼 홀더]에 [별] 심볼이 있다는 것을 보여주었다.

"이 [별] 심볼하고 뭔가 교환해주실래요?"

"음~. 그럼…… 언커먼 심볼 3개하고 커먼 5개면 되나? 우리도 남은 걸 줄 거라 종류를 지정할 수는 없는데."

"아, 괜찮아요."

나는 그렇게 말하고 가지고 있던 [별] 심볼로 언커먼 심볼인 [대] 사이즈 심볼과 [어둠] 속성 심볼을 2개, 커먼 심볼을 5개 교환했다.

교환한 커먼 심볼 중에는 [샘]의 지형 심볼과 [맑음]의 날씨 심볼이 있어서 신이 났다.

파티에서 심볼을 공유하는 그들과는 심볼 비율에 맞게 교환할 수 있었기에 안심이 되었다.

그런 그들이 어떤 제안을 했다.

"혹시 생각 있으면 [별] 심볼을 하나 더 교환해줄래?"

"네? 하나 더?"

이미 교환했는데 왜? 그렇게 생각하며 고개를 갸웃거리자 이유를 설명해주었다.

"트레이드용으로 하나 더 확보해두고 싶거든. 레어 심볼을 가지고 있는 플레이어는 보통 자신에게 유리한 비율로 트레이드하려 하는데 너희는 그러지 않고 적당한 비율로 교환해주니까."

내 [심볼 홀더]의 [별] 심볼 개수를 봤기 때문에 이렇게 제안했을 것이다.

"잠깐 일행하고 의논해도 될까요?"

"그래."

그리고 마기 씨에게 의논하며 어떤 제안을 했다.

"마기 씨, 공용 [별] 심볼을 트레이드해서 받은 심볼을 둘이서 나누는 건 어때요?"

"오, 윤 군. 그렇게 나오는구나. 괜찮을 것 같은데."

"마기 씨가 노리는 심볼을 우선적으로 교환해올게요."

그렇게 말하자 마기 씨는 신경 쓰지 않아도 된다고 하고 살짝 쓴웃음을 지으며 고개를 끄덕였다.

그리고 마기 씨와 의논을 마치고 좀 전에 그들이 한 제안을 받아들이기로 했다.

"[별] 심볼은 교환해도 되긴 하는데, 심볼 몇 개를 지정해도 될까?"

내가 제안하자 상대 파티가 약간 긴장했지만 신경 쓰지 않고 말했다.

"[쇠]하고 [흙] 심볼이 있으면 우선적으로 교환해줬으면 하는데."

내 제안을 듣고 그 정도는 우선적으로 넘겨줘도 [별] 심볼을 트레이드 재료로 삼을 수 있으니 나중에 교환으로 다시 모으면 된다고 생각했는지 받아들였다.

그리고 마기 씨와 공유하던 [별] 심볼은 언커먼 2개와 커먼 10개로 교환했다.

마기 씨에게는 가지고 싶어하던 심볼을 주면서 남은 심볼을 절반씩 나누었다.

그런 다음에도 마기 씨와 함께 [별] 심볼을 트레이드 재료로 삼았고, 가끔은 레어 심볼끼리 교환하기도 하면서 언커먼과 커먼 심볼을 여러 개 교환했다.

그리고 서로 [심볼 홀더]를 공개하면서 가지고 있지 않은 심볼을 채우기 위해 남은 커먼 심볼을 교환했다.

남은 심볼 중에서 다른 사람들이 원하는 심볼을 적당히 교환하면서 플레이어들끼리 교류할 수도 있었다.

그 결과──.

"대단하네. 이제 곧 [심볼 홀더]를 다 채울 수 있겠어."

"나도 7할 정도는 채웠어."

처음 목적대로 원하는 심볼을 확보하면서 컴플리트할 수 있게끔 많은 심볼을 모았다.

──지형 심볼이나 날씨 심볼, 속성 심볼과 몬스터 심볼, 사이즈 심볼, 성질 심볼.

각각 성질별로 나뉘어 있는 [심볼 홀더] 페이지를 바라보았다.

"으음······ 이렇게 모으고 보니 비어 있는 심볼을 채우고 싶어지네."

"그런 마음이 들었을 때 [되팔이 길드]가 치고 들어오는 거야. 돈을 주고 간단히 구할 수 있다면······이라고 생각하면서 비싼 돈을 주고 사버리는 사람이 많거든."

그런 말을 들으니 나도 자제심을 유지해야지라고 마음속으로 맹세했다.

"윤, 마기, 어서 와. 어때, 즐기고 있어?"

"앗, 세이 누나."

목소리를 듣고 돌아보니 이 심볼 트레이드 장소를 마련한 세이 누나가 말을 걸었다.

"세이 누나. 나도 트레이드해서 심볼 종류를 꽤 많이 모았어."

"저도 윤 군이 도와줘서 모은 심볼로 많은 종류를 갖출 수 있게 되었어요."

그렇게 말하며 보고하는 나와 마기 씨를 보고 세이 누나가 미소를 지으면서 조금 부러워했다.

"나도 트레이드하는 곳에 가고 싶었는데. 주최자 측이라 관리하느라 시간이 없었어."

내가 주위를 둘러보니 처음 시작되었을 때보다 트레이드하는 플레이어들이 줄어든 상태였다.

만족스럽게 트레이드를 해서 그런지, 아니면 트레이드 재료로 삼을 심볼이 없어져서 그런지 플레이어들이 조금씩 트레이드 장소를 떠나고 있었다.

지금이라면 사람도 얼마 없으니 세이 누나도 트레이드에 참가할 수 있을 것 같다.

하지만 사람이 줄어든 만큼 세이 누나가 원하는 심볼을 입수하는 게 힘들어질 것 같기도 하다.

그래서 나는 세이 누나에게 물었다.

"그럼 나하고 트레이드할래?"

"어? 그래도 돼?"

"그래, 세이 누나가 원하는 심볼이 있을지는 모르겠지만, 기념으로."

모처럼 주최자로 열심히 움직였는데 구경만 하면 아깝다.

그렇게 생각하고 제안한 다음 나와 세이 누나는 [심볼 홀더]를 꺼내 서로 보여주면서 확인했다.

"앗, 내가 필요한 심볼. 윤이 전부 가지고 있네."

세이 누나가 원하는 심볼은 4종류, 내게는 1개씩밖에 없다.

그리고 세이 누나가 원하는 심볼 중 하나는 [별] 심볼이었다.

"아, 세이 누나가 원하는 레어 심볼이 [별]이었구나."

"으윽, 전부 다 가지고 싶긴 하지만 교환할 만한 것도 없고……."

양쪽 다 9할 정도 채운 심볼 홀더. 그리고 트레이드 재료로 쓸 남은 심볼이 없기 때문에 서로 납득할 만한 거래가 아니어서 세이 누나는 포기하려 했지만——.

"그럼 세이 누나가 원하는 심볼 4개하고 남은 심볼 4개로 교환하자."

"어? 그래도 윤, 이건 커먼 심볼인데."

내가 손가락으로 가리킨 것은 남은 커먼 심볼이었다.

나도 이미 가지고 있는 종류였기 때문에 비율 조정용으로 남겨져 있던 그것을 지정했다.

"그래도 상관없어. [별] 레어 심볼은 심볼 가게 퀘스트로 다시 얻으면 되니까. 그리고 희귀도는 다르지만 숫자는 똑같잖아?"

나는 그래도 괜찮다고 말하며 웃자 세이 누나는 너무 많이 받는 것 같다며 고민했다.

마기 씨는 윤 군답다며 살짝 쓴웃음을 지으면서 바라보고 있었다.

그래서 고민하는 세이 누나가 납득할 수 있게끔 어떤 제안을 했다.

"그럼 컴플리트 보수 심볼에 대해서 가르쳐줄래? 나도 흥미가 있으니까."

그렇게 말하면서 둘러대려는 듯이 볼을 긁자 세이 누나는 눈을 살짝 감고 받아들였다.

"……알았어. 윤의 호의를 받아들일게. 고마워, 윤."

그렇게 말하자 트레이드가 성립되었고, 세이 누나의 [심볼 홀더]에 50종류의 심볼이 모두 모였다.

그리고 [심볼 홀더]의 어떤 페이지가 빛났다.

그 페이지가 자연스럽게 펼쳐졌고, 아무것도 없던 페이지에 흰색 글자가 떠올랐다.

——[심볼 홀더]에 제1탄 심볼 수납을 확인.
이로 인해 레어 심볼 [강화]가 해방됩니다.

세이 누나의 메뉴에 알림이 떴다.

그리고 세이 누나가 심볼 컴플리트 보수인 레어 심볼에 대해 설명해주었다.

"이 보수인 [강화] 심볼은 베타 버전에서는 일반적으로 있던 심볼이야."

"그랬구나."

마기 씨는 알고 있었던 모양이지만 정식 버전부터 시작한 나는 [강화] 심볼의 설명을 진지하게 들었다.

"효과는 심볼 코드의 마지막에 넣어서 생성되는 필드나 던전의 종류를 변경하지 않고 적 MOB을 [강화]시킬 수 있어."

"호오, 속성이나 날씨 같은 성질이 아니라 단순히 적 MOB을 강화시키기만 하는 심볼이구나."

"그러니까 만약 [스타 게이트]가 업데이트되면 윤을 [강화]된 던전에 데리고 가줄게."

"아, 아니. 그러지 마. 강한 적하고는 싸우고 싶지 않아."

솔직히 세이 누나 같은 상위 플레이어가 신나서 도전하는 MOB과 제대로 맞설 수 있을 것 같지는 않다.

그런 내 모습을 보고 마기 씨가 쿡쿡 웃으며 도와주었다.

"윤 군의 취향에는 [약화] 심볼이 맞겠죠. 뭐, 지금은 심볼 리스트에 없으니 나중에 기대해야겠지만요."

강적과 싸우는 걸 정말 싫어하는 내 마음을 눈치챈 마기 씨.

마기 씨가 말한 [약화] 심볼이란 베타 버전에 있었던 심볼의 일종으로 현재 복각된 심볼 일람 중에는 아직 없는 심볼이다.

베타 버전의 [스타 게이트]와 심볼이 실패한 원인은 현재 업데이트된 50종류의 심볼의 몇 배가 넘을 정도로 수많은 심볼이 한꺼번에 업데이트되어서 심볼을 써먹기 힘들었기 때문이다.

그래서 원하는 심볼을 모으기가 힘들었다.

다시 가고 싶은 심볼 코드를 좀처럼 모을 수가 없다는 이유 등으로 인해 체험하려는 플레이어들의 숫자도 적었고, 그런 와중에 인기가 없는 콘텐츠로서 베타 버전 이후로 사라졌다.

참고로 [약화]는 나오는 적 MOB이 약해지는 심볼이라 그야말로 내 취향에 딱이다.

마기 씨가 그렇게 설득한 것이 통했고, 납득한 세이 누나에게서 고맙다는 인사를 받은 뒤 [아트리엘]로 돌아왔다.

4장   스타 게이트와 조합

심볼을 트레이드해서 많이 모은 나는 가끔 [심볼 홀더]를 보고 어떻게 조합해서 필드나 던전을 만들까 상상하며 [스타 게이트]가 업데이트될 때까지 시간을 보내고 있었다.

그리고 지금은———.

"[몽환의 주민]의 형태를 개량한단 말이지. 대충 듣긴 했지만, 자세하게 설명해줬으면 하는데."

"그래, 자쿠로가 빙의할 때 나오는 꼬리. 그게 망토 안쪽에 갇혀서 답답하니까 바깥으로 드러낼 수 있게끔 개량해줬으면 좋겠어."

나는 뤼이와 자쿠로를 데리고 [콤네스티 카페 양복점]에 있는 클로드에게 인식 저해 망토 [몽환의 주민]을 개량해달라는 의뢰를 하고 있었다.

예전부터 오려는 생각은 있지만 좀처럼 시간과 타이밍이 맞지 않아서 이제야 오게 되었다.

"흐음. 그렇다면 세로로 슬릿을 넣으면 되겠지. 그런데 꼬리가 망토 바깥쪽으로 드러나면 그만큼 [인식 저해] 효과가 떨어질 텐데 괜찮나?"

"그 부분은 어쩔 수 없다고 생각해야지. 빙의하지 않을 때는 문제없잖아?"

"그건 문제없다. 그리고 슬릿을 넣긴 하겠지만 빙의하지 않았을 때도 쓰기 편하게끔 슬릿 부분의 끄트머리에 단추를 달아두지."

모든 것이 이상적으로 해결될 거라는 생각은 하지 않았기에 어느 정도 타협을 했다.

그리고 클로드는 [몽환의 주민]을 쓰기 편하게끔 망토 자락에 가위를 대고 허리 근처까지 세로로 잘라나갔다.

그동안 클로드와 잡담을 하면서 뤼이와 자쿠로, 그리고 클로드의 파트너인 럭 캣 쿠츠시타를 빗질해주었다.

"그러고 보니 이제야 심볼 가격이 안정되었지."

"그래. 결정타는 [스타 게이트]의 업데이트였어."

지난주, OSO에 준 기념일 업데이트 제2탄이 진행되었고 [스타 게이트]와 새로운 심볼 몇 종류가 추가되었다.

지금까지 봉쇄되었던 [미궁거리]의 건물이 개방되었고, 그 안에 고리 모양의 전이 오브젝트가 늘어서 있다.

고리 모양 전이 오브젝트 앞에 있는 받침대에 심볼을 늘어놓고 심볼 코드를 만든 다음 [스타 게이트]로 뛰어들면 생성된 에리어로 넘어갈 수 있는 시스템이다.

그리고 이제야 [스타 게이트]의 실제 상황과 베타 버전과의 차이가 드러났다.

베타 버전에서 불만이었던 심볼은 예상했던 대로 소비하지 않는 시스템으로 변했다.

그리고 베타 버전에 없었던 새로운 요소로 [스타 게이트]로 생성된 에리어를 클리어하면 랜덤으로 심볼을 얻을 수 있게 되었다.

그 밖에 여러 가지 이유로 [되팔이 길드]가 끌어올리고 있었던 심볼의 가격이 적당한 수준에 가까워지고 있었다.

"하지만 초보에서 벗어난 플레이어들을 지원하거나 트레이드를 진행한 것이 심볼의 가격에 영향을 주지 못했던 건 아쉬웠어."

"가격이 약간 떨어진 정도였지. 뭐, 일종의 축제라고 생각하면 되잖아. 그리고 마기와 함께 즐길 수 있었잖아?"

"뭐, 좀 신기한 체험이었다고 해야 하나?"

클로드가 한 말에 맞장구를 치면서 [몽환의 주민]이 변해가는 모습을 바라보았다.

"좋아, 완성되었다."

망토의 개량을 마친 클로드는 내게 [몽환의 주민] 망토를 건네며 바로 시착해보라고 권했다.

그리고——.

"나중에 참고하기 위해 윤이 자쿠로가 빙의한 여우 소녀 상태를 보여줬으면 하는데!"

"어? 싫어. 왜 내가 보여줘야 하는데?"

그냥 개량된 망토에 문제가 없는지 확인하기 위해 시착하는 건데 클로드가 자쿠로를 빙의시키라고 강요했다.

"나중에 마찬가지로 [빙의] 스킬로 인해 신체적인 변화가 생긴 플레이어가 나타날지도 모르잖아! 재봉사로서 알아두고 싶다! 그리고 나도 순수하게 여우 소녀를 보고 싶어! 마기와 리리는 봤는데 나는 못 봤어! 불공평하잖아!"

마기 씨에게는 나와 함께 [공룡 평원]에서 [운성 광석 조각]을 모을 때 쉬는 시간에 자쿠로가 빙의한 모습을 보여주었다.

리리는 자쿠로가 성수화했을 때 한 번 본 적이 있다.

하긴 클로드만 자쿠로가 빙의한 모습을 보지 못하긴 했는데──.

"그렇게 진심으로 분한 듯한 표정을 지을 필요는 없잖아."

"판타지의 여우 소녀라고! 동물 귀 카추샤 같은 액세서리도 아니고! 망상만으로 여우 소녀가 입어도 어울리는 의상 디자인을 해버렸을 정도라고!"

그렇게 말하며 내 눈앞에 의상 디자인 종이를 여러 장 들이미는 클로드를 보고 솔직히 질색했다.

"그러니까, 다른 사람들 앞에서 빙의 상태가 되는 건 싫다고!"

내가 그렇게 말하며 거부하자 클로드를 말려줄 사람이 나타났다.

"차하고 과자입니다. 윤 씨, 클로드 씨."

"클로드 씨는 시끄러우니까 입을 다물어주세요."

"라템 씨, 카리앙 씨."

[콤네스티 카페 양복점]의 카페에서 웨이터와 웨이트리스로 일하는 플레이어인 라템 씨와 카리앙 씨다.

차와 과자를 가져온 라템 씨와 폭주하는 클로드의 뒤통수를 은쟁반으로 때리는 카리앙 씨가 등장하자 나는 조금 안심이 되었다.

"클로드 씨, 또 이상한 말을 하면서 윤 씨를 곤란하게 만들었죠?"

"그러지 않았다. 그냥 지적 호기심이었어."

"지적 호기심으로 눈에 핏대를 세우지는 않을 것 같은데."

클로드는 안경을 손가락으로 밀어 올리며 폼을 잡았지만, 그 직전에 한 말과 행동을 보았으니 뭐라 할 수가 없다.

"바로 시착해보고 확인할게요."

"윤 씨가 시착하는 걸 훔쳐보지 못하게끔 클로드 씨를 감시할게요."

"나는 그런 짓을 하지 않아. 그저 윤의 여우 소녀 모습을 보고 어떻게 돌아난 건지, 그리고 만져보기만 하면 돼."

그렇게 말하던 클로드에게 쿠츠시타가 고양이 펀치를 날렸고, 뤼이와 카리앙 씨가 눈을 흘겼다.

그렇게 감시당하는 클로드를 보니 지금이라면 괜찮겠다고 생각하고 자쿠로와 함께 시착실로 들어갔다.

클로드가 마무리한 망토를 걸치고 자쿠로에게 지시를 내렸다.

"자쿠로, 부탁할게. ──《빙의》!"

『뀨우!』

자쿠로는 내가 지시를 내린 것과 동시에 가슴 쪽으로 뛰어든 다음 안으로 파고들었다.

그리고 까만 귀가 머리에 생겨났고, 망토 안쪽에서 부풀어 오르는 듯이 돋아난 꼬리 세 개도 슬릿 틈새로 무사히 빠져나와 좌우로 기분 좋게 흔들리고 있었다.

"응. 움직임이 걸리적거리진 않네. 자쿠로, 꼬리로 내 오른손을 건드려줘."

빙의한 자쿠로는 꼬리로 자동방어와 자동요격을 하면서 내 움직임을 보조해준다. 그것을 확인하기 위해 꼬리 중 하나가 뻗었고, 내 오른손을 끄트머리로 밀어냈다.

다음에는 왼손, 위아래 등의 움직임을 보고 꼬리의 움직임이 걸리적거리지 않는 것을 확인했다.

"응, 문제없구나. 자쿠로는 빙의를 풀어도 돼."

내가 지시를 내리자 자쿠로는 내 몸속에서 빠져나와 바닥에 섰다.

그리고 나도 [몽환의 주민]을 벗고 시착실을 나와보니 클로드와 다른 사람들이 차를 마시며 기다리고 있었다.

"윤, 어떠냐? 문제는 없어?"

"아, 문제없어. 고마워."

"뭐, 고맙다는 인사는 됐다. 보수도 확실하게 받았으니까."

별 것 아니라는 듯이 말하는 클로드.

평범하게 지내면 괜찮은데 말이지, 나는 그렇게 생각하며 살짝 쓴웃음을 지었지만 그 직후에 클로드가 씨익 웃었다.

그 직후── 펑! 퍼펑!

『규우?! 규우~!』

공기가 터지는 소리와 흩어지는 종이 조각에 자쿠로가 놀라 내 몸속으로 도망치는 듯이 《빙의》했다.

그 소리를 듣고 나와 라템 씨, 카리앙 씨는 멍해졌지만, 클로드만 혼자 큭큭큭 웃고 있었다.

"[오토 크래커]. 파티 때 쓰는 장난감 아이템인데 성공한 모양이군."

설치한 사람이 자유롭게 설정할 수 있고, 특정한 장소를 지나면 크래커를 터뜨리는 장난감 아이템이다.

이걸 쓰면 파티 때 크래커를 터뜨리는 타이밍이 어긋나지 않는다는 명목으로 NPC가 팔던 괴짜 아이템으로 인해 깜짝 놀란 나는——.

"——보지 마!"

창피한 마음과 깜짝 놀란 마음으로 인해 반사적으로 소리쳤다.

그렇게 소리치는 것과 동시에 자쿠로의 꼬리 세 개가 클로드를 공격하기 시작했다.

첫 번째 꼬리가 클로드를 아래에서 올려치는 듯이 때렸고, 내가 몸을 젖히자 나머지 꼬리가 달려들어 뒤로 날려버렸다.

"아, 이런……."

나도 모르게 공격적인 감정을 품는 바람에 자쿠로가 추격타를 날려버렸다.

이렇게까지 할 생각은 없었는데…… 그렇게 생각하며 바

로 클로드를 살펴보니 성수화한 쿠츠시타가 클로드의 배 위에서 여러 번 뛰어오르며 반성하라는 듯이 배에 충격을 가하고 있었다.

"으윽, 쿠츠, 시타. 그만…… 커헉……."

"윤 씨는 신경 쓰지 마세요. 이 정도는 항상 있는 일이니까요."

"그, 그래도…… 좀 심했던 것 같은데."

"윤 씨는 착하시네요. 그래도 괜찮아요. 오히려 이 정도는 되어야 반성할 테니까요."

라템 씨와 카리앙 씨의 말을 듣고 나도 납득했다.

"그건 그렇고 윤 씨. 진짜 자쿠로의 귀하고 꼬리가 돋아났네요."

"저기…… 카리앙 씨?"

내 주위를 돌면서 빙의 상태의 변화를 관찰하는 카리앙 씨.

"귀나 꼬리를 좀 만져보면 안 될까요?"

"안 돼요."

호기심으로 빙의 상태 때 돋아나는 귀와 꼬리를 만지게 해달라고 부탁하는 카리앙 씨에게 안 된다고 하고 자쿠로의 빙의를 해제했다.

그리고 클로드와 카리앙 씨가 아쉬워하는 목소리를 들으며 나는 망토를 개량해준 대금을 지불했다.

"윤은 이제 뭐할 거냐?"

"……우선 [스타 게이트]가 업데이트되었다니 보고 올게."

지불을 마친 뒤 태연하게 일어나서 소파에 앉아 차를 마시기 시작한 클로드를 보고 정말 아무렇지도 않은 모양이라는 생각이 들었다.

"그렇군, 그럼 괜찮아 보이는 심볼 코드를 발견하면 가르쳐다오. 정보료는 지불할 테니까."

마기 씨는 [운성강] 주괴를 써서 루카토와 히노의 무기, 그리고 내가 맡긴 피켈과 고기 써는 식칼을 업그레이드하느라 바쁠 것이다.

리리는 갤리온을 만드는 작업이 마무리에 들어갔는지 미스릴과 블루라이트 합금 배못이 필요한 선체 부분이 거의 끝나서 배못의 필요 개수가 조금씩 줄어들고 있었다.

그 대신 돛을 만들기 위한 천을 클로드가 준비하고 있기에 두 사람은 [스타 게이트]의 우선 순위가 그다지 높지 않은 모양이었다.

"알았어. 뭐, 클로드나 마기 씨 같은 사람들이 좋아할 만한 곳이 있는지 찾아볼게."

나는 그렇게 말하고 [콤네스티 카페 양복점]을 떠났다.

●

[콤네스티 카페 양복점]을 나선 나는 뤼이와 자쿠로를 데리고 제1마을 포탈을 통해 [미궁거리]의 포탈로 이동했다.

"자, [스타 게이트]가 어떤 곳인지 보러 가볼까?"

그리고 최근 업데이트로 개방된 건물 안으로 들어가보니 안에는 고리 모양 전이 오브젝트 [스타 게이트]가 열 개 늘어서 있었다.

"이게 [스타 게이트]⋯⋯."

대충은 알고 있었지만 정작 실물을 보니 주눅이 들었다.

푸르스름한 고리 측면에는 하얀 글자로 심볼과 마찬가지로 기하학적인 문양이 새겨져 있었다.

그리고 각 스타 게이트 앞에는 원기둥을 비스듬하게 자른 것 같은 받침대가 있었고, 그 위에 [심볼 홀더]를 놓고 내부에 수납시킨 심볼을 써서 3개에서 10개까지 골라 심볼 코드를 만든 뒤 게이트 내부를 지나 생성된 에리어로 가는 것 같았다.

"나도 바로 시험해볼까."

나는 뤼이, 자쿠로와 함께 나란히 서서 [심볼 홀더]를 꺼낸 다음 만들 심볼 코드를 미리 선택했다.

"음~. 우선 심볼 세 개로 심볼 코드를 만들면 되겠지. [맑음], [극소]까지는 확정이고 나머지는 뭘로 할까⋯⋯."

컴플리트하지는 못했지만 나름대로 종류가 다양한 심볼 일람을 보며 차례를 기다렸다.

같은 종류의 심볼을 사용하더라도 심볼의 차례에 따라 생성되는 에리어 정보가 변하는 모양이었다.

그리고――.

"오, 차례가 되었네. 이 심볼로 할까?"

나는 꺼낸 [심볼 홀더]를 받침대에 놓고 반투명한 메뉴에서 심볼 아이콘을 선택하기 시작했다.

"그럼—— [맑음], [극소], [섬]!"

선택한 심볼에 맞는 에리어가 생성되었고, [스타 게이트]의 고리 내부에 은빛 수면이 넘실대며 나타났다.

"으윽, 좀 무서운데……. 에이, 가자."

나는 넘실대는 은빛 고리 쪽으로 신중하게 다가간 뒤 눈을 감고 그 안으로 뛰어들었다.

나는 고리를 지난 뒤 조심조심 눈을 떴고, 눈앞에는 하늘이 펼쳐져 있었다.

하늘에 떠있는 해가 가깝게 느껴졌고, 섬 가장자리에는 바다가 아니라 구름이 펼쳐져 있는 섬—— 부유도였다.

"와~, 이런 식으로 되어있구나."

돌아보니 [스타 게이트] 고리가 자리 잡았고, 주위에는 평평한 초원 지면이 펼쳐져 있었다.

[스타 게이트]의 은빛 수면이 일렁였고, 뒤늦게 나를 따라 뛰어든 뤼이와 자쿠로가 나타났다.

자쿠로는 기세를 죽이지 않고 곧바로 내 품속으로 뛰어들었다.

"으앗?! 자쿠로, 괜찮아?"

"뀨우!"

괜찮다고 말하는 것 같은 울음소리를 내며 내 품속에서 살짝 빠져나와 주위를 둘러보았다.

"섬이긴 한데 부유도구나."

여름 캠페인 무대였던 곳도 부유도였지만, 보아하니 심볼 코드로 만들어낸 에리어는 매우 작은 부유도인 모양이다.

섬이라고 해서 남쪽 나라의 야자수가 있을 법한 작은 섬이나 호수 가운데에 떠 있는 작은 섬을 상상했는데 설마 부유도가 나올 줄은 생각지도 못했다.

"뀨우~."

"그래, 높으니까 무섭지."

하늘 위이기 때문에 바람이 기분 좋게 불긴 하지만 햇빛이 가까워서 따갑게 느껴진다.

그리고 자쿠로가 부유도 가장자리에서 하늘 아래를 내려다본 다음 너무 높아서 겁을 먹고 뒤로 물러나고 있었다.

"역시 [극소]라서 작구나. 그리고…… 적 MOB도 없고."

말 그대로 걸어서 몇 분만에 다 돌아볼 수 있을 정도로 작은 부유도라 볼 것도 딱히 없는 것 같다.

"음~. 여기서 느긋하게 지내는 것도 괜찮긴 하겠지만 여러 가지 에리어를 둘러보고 싶으니까 돌아갈까?"

내가 함께 온 뤼이와 자쿠로에게 묻자 뤼이는 얌전히 고개를 끄덕였고, 자쿠로도 너무 높은 곳에 있는 부유도가 무서운지 고개를 힘차게 여러 번 끄덕였다.

"그럼 돌아가자."

왔을 때처럼 부유섬 가운데에 자리잡고 있던 [스타 게이트] 안으로 뛰어들자 원래 있던 곳으로 돌아올 수 있었다.

"아~, 또 줄을 서야겠네."

나는 그렇게 말하고 다시 [스타 게이트] 앞에 줄을 섰다.

줄을 서는 동안 주위에 있는 플레이어들의 모습을 살펴보고 이야기에 귀를 기울였다.

"각 심볼에는 생성되는 에리어에 영향을 미치는 수치가 설정되어 있고 심볼을 놓는 차례에 따라 수치를 변화시킬 수 있어. 예를 들어 어떤 심볼을 첫 번째로 놓으면 날씨의 수치가 변하고, 두 번째에 놓으면 MOB이 강해진다든가."

"그렇게 에리어에 부족한 정보를 결정하는 거구나. 그래서 같은 심볼을 쓰더라도 미묘한 차이가 있는 비슷한 에리어가 생성된다는 거지."

"비슷한 에리어가 생성되는 건 그렇게 생성된 에리어의 정보를 사용하는 심볼에 따라 고정시키기 때문이야. 그것이 MOB의 종류일 경우도 있고, 필드 형태일 경우도 있고, 날씨일 경우도 있고. 여러모로 다르지만."

그런 구조로 [스타 게이트] 너머의 에리어가 생성되는구나, 그렇게 생각하며 이야기에 귀를 기울였다.

각 심볼의 변동 수치가 검증되면 미리 에리어를 예측할 수 있을 것 같다.

"아~, 좀 전에 갔던 에리어가 꽤 괜찮았는데 심볼 코드를 깜빡했어."

"그럴 때는 [심볼 홀더] 뒤쪽 페이지에 심볼 코드 이력이 있으니까 그걸로 확인할 수 있어. 여러 번 사용할 경우에는

즐겨찾기로 등록할 수도 있고, 다른 사람이 가르쳐준 심볼
코드도 기록할 수 있으니까."

즐겨찾기라, 그런 기능도 있구나. 그럼 바로 받침대에서
가고 싶은 에리어를 띄울 수 있을 것 같다. 그렇게 여러 가
지 이야기를 듣고 있자니 차례가 돌아왔다.

"세 개로 심볼 코드를 만들면 아이템도 없을 것 같고, 적
MOB도 약할 테니 숫자를 조금 늘려볼까?"

그렇게 다음 심볼 코드로는── [숲], [물], [맑음], [짐
승], [별] 심볼 코드를 선택하고 [스타 게이트] 안으로 뛰어
들었다.

모처럼 레어 심볼이 있으니 그것을 써서 뛰어든 에리어
는──.

"아, 하늘에 은하수가 보이네."

구름하나 없는 밤하늘에 매우 커다란 은하수가 있었고,
맑은 공기가 퍼지는 숲과 샘 에리어였다.

여러 종류의 짐승 계열 MOB이 있었지만 딱히 공격하려
는 것 같지는 않았다.

"요즘에는 밤에 [공룡 평원]으로 산책을 나가는 경우가 많
았으니까. 낮 에리어가 좋긴 한데, 차례를 바꾸면 낮이 되
려나?"

그렇게 중얼거리며 그 에리어를 둘러보았다.

중간 규모 정도 되는 그 에리어에는 비선공 짐승형 MOB
몇 종류가 돌아다녔고, 에리어 안쪽에는 보스로 보이는 커

다란 짐승형 MOB이 자고 있었다.

"전부 비선공인 걸 보니 어떤 심볼의 효과가 발동된 건가? 오, 약초 발견. 가지고 가야지."

일단 싸울 생각은 없었기에 적당히 소재를 채집해서 [스타 게이트]로 돌아왔다.

나중에 알게 된 거지만 [태양], [별], [달] 레어 심볼은 날씨 심볼 성질 말고도 효과가 하나 더 있는 모양이었다.

[태양] 레어 심볼은 나오는 MOB의 선공화.

[별] 레어 심볼은 나오는 MOB의 비선공화.

마지막으로 [달] 레어 심볼은 나오는 MOB의 아종화, 제일 골치 아픈 효과인 모양이었다.

아종화의 특징은 색이 다르거나 스테이터스가 강해지는 것 말고도 행동 루틴이 고속, 복잡화되는 것이다.

심볼 코드 컴플리트 보수인 [강화] 심볼과 조합하면 엄청나게 골치 아픈 MOB이 된다.

그 때문에 상위 플레이어들이 레벨을 올릴 때 자주 이용하는 심볼 조합 중 하나로 정착하게 된다.

그런 느낌으로 마음 내키는 대로 여러 가지 심볼을 조합해 나갔다.

추적추적 이슬비가 내리는 황야, 흐린 하늘이 펼쳐져 있는 어둑어둑한 평원, 주위가 바다로 둘러싸여 있고 그럭저럭 넓은 섬, 동굴과 던전 같은 것도 발견할 수 있었다.

그런 것들 중에서 특이한 것을 따지자면——.

"아, [극소]하고 [동굴]을 조합하면 최소 단위 던전이 되는구나."

여섯 개의 심볼로 만들어낸 에리어는 [스타 게이트]가 있는 방과 보스 방, 그렇게 방이 두 개밖에 없는 호리병 모양 동굴 던전이 생성되었다.

"아, 심볼 코드에 [무기물], [대] 심볼도 넣어서 강해 보이는 녀석이 보스인 것 같은데……."

보스 MOB의 이름은 자이언트 스파크 골렘, 온몸이 강철로 이루어진 골렘이었다.

몸 곳곳에 노란 보주가 박혀 있었고, 보주가 빛나는 것과 동시에 몸에 전기가 흘러서 보기만 해도 무시무시한 골렘 계열 MOB이었다.

"저 녀석에게 혼자 도전…… 아니, 아니, 안 되지."

그것 말고는 이 최소 단위 던전에 볼 만한 것이 없었기에 [스타 게이트]를 통해 귀환했다.

"어라? 타쿠네 파티?"

낯익은 플레이어들이 [스타 게이트]의 줄로부터 조금 떨어진 곳에서 이야기를 나누고 있었다.

"여어, 윤도 왔구나."

내가 한 말을 듣고 돌아본 타쿠가 한 손을 들고 인사했다.

타쿠와 함께 있던 사람은 간츠와 케이, 미니츠, 마미 씨, 그렇게 항상 함께 다니는 사람들이 모여 있었다.

"타쿠는 뭐해?"

"심볼 코드 정보를 모으고 있었어. 어제는 정보 없이 [스타 게이트]에 들어갔으니까. 이번에는 각 심볼 효과나 조합 이야기를 듣고 나서 에리어에 들어갈까 했거든."

"호오, 그렇구나."

"윤은 [스타 게이트]에서 나온 모양이던데, 어딘가 클리어하고 왔어?"

타쿠가 묻자 나는 쓴웃음을 지으며 고개를 저었다.

"나는 그냥 경치가 괜찮아 보이는 에리어나 재미있는 곳, 그리고 소재를 채집하거나 채굴할 수 있는 에리어를 찾고 있었어."

뭐, 지금까지는 목적에 맞는 심볼 코드를 찾지 못했지만.

"그래도 심볼 코드는 몇 가지 시험해봤지? 조합하는데 참고할 테니 가르쳐줘."

"심볼의 조합?"

내가 그렇게 묻자, 타쿠가 가르쳐주었다.

"예를 들면 같은 종류인 [짐승]과 [짐승] 심볼을 심볼 코드에 두 개 넣으면 훨씬 강한 짐승형 MOB이 나오게 된다는 게 유명한 조합 중 하나지."

몬스터 심볼이라 불리는 것은 여러 개 넣으면 그 계통의 MOB이 강해진다.

"그리고 [짐승]과 [아인] 몬스터 심볼을 넣으면 코볼트나 오크, 늑대인간 같은 게 나오고, [벌레]와 [아인]을 넣으면 아르케니나 아라크네, 인섹트 파이터 같은 곤충 전사 같은

게 나오는 모양이야."

"호오, 왠지 [합성] 센스로 MOB을 만드는 것 같은 방식이네."

예를 들면 속성 심볼인 [불]과 몬스터 심볼인 [짐승]을 넣으면 화속성 짐승형 MOB이 나올 것 같다.

그밖에도 [짐승]을 세 개 넣으면 키마이라, [짐승]과 [벌레]를 넣으면 만티코어 같은 MOB이 나올 것 같다……

"실제로는 같은 심볼을 넣으면 강해지긴 하지만, [짐승]하고 [벌레] 심볼을 넣으면 짐승형 MOB하고 벌레형 MOB, 두 종류가 나오는 경우가 대부분이지만."

타쿠가 한 말에 따르면 키마이라나 만티코어 같은 MOB은 특정한 심볼 코드에서만 나올지도 모르겠지만 지금까지는 찾아내지 못했다고 한다.

그 이야기를 듣고 싸울 생각은 없긴 하지만 아직 찾아내지 못했다니 조금 아쉽다는 생각이 들었다.

"그리고 일반적인 필드나 에리어와 똑같은 보스 MOB이 나온다 해도 드롭 아이템은 다른 모양이야."

예를 들어 제1마을과 제3마을 사이에 있는 골렘은 레어 드롭 아이템으로 [지정령의 돌]을 떨어뜨린다.

하지만 [스타 게이트]에서 생성된 에리어의 골렘은 레어 드롭 아이템인 [지정령의 돌] 대신 심볼을 드롭하는 모양이었다.

그리고 [스타 게이트]에서 드롭하는 심볼은 심볼 코드의 속성이나 적 MOB이 얼마나 강한지에 따라 정해져 있는 종류의 심볼 중에서 하나를 드롭하는 모양이다.

"그렇구나. 하긴, 들어가서 바로 보스전을 벌이는 극소 던전은 심볼을 노리고 빠르게 여러 번 돌 수 있을 것 같으니까."

"잠깐만, 윤. 극소 던전이라는 건 뭐야?"

내가 혼자서 납득하며 고개를 끄덕이자 타쿠는 극소 던전이라는 말이 신경 쓰인 모양이었다.

"극소 던전이라는 건 [스타 게이트]가 있는 방하고 보스 방, 이렇게 방이 두 개밖에 없는 던전이야. 아마 [극소]하고 [동굴] 심볼을 합쳐서 그렇게 된 것 같아."

좀 전에 찾아낸 심볼 코드 중 하나에 대해 알려주자 그런 방법이 있었구나, 라는 표정을 짓는 타쿠 일행.

"미처 생각하지 못했어. 극소니까 에리어 범위가 꽤 좁긴 하지만 강한 에리어라면 보스 MOB만 있을 가능성도 있겠구나."

타쿠는 심볼 코드의 조합에 따라서 레벨을 올리거나 심볼을 모으는데 써먹을 수 있겠다며 간츠, 케이와 마주 보며 고개를 끄덕이고 있었다.

"나는 잘 모르겠는데, 쓸 만할 것 같아?"

"그래, 약간 조정하거나 검증해볼 필요는 있겠지만 [극소] 심볼은 쓸 만할 것 같은데."

나는 극소 던전에서 쓸만한 점을 찾아내지 못했다.

하지만 타쿠 일행이 쓸만하다고 판단했다면 잘 된 것 같다.

●

　"모처럼 만났으니 윤도 같이 파티를 짜서 [스타 게이트]에 도전해볼래?"

　"나도?"

　"사람이 필요하니까. 한 명씩 가지고 있는 심볼을 하나 골라서 심볼 코드를 만드는 거야."

　저번에 들었던 즐기는 방식 중 하나다.

　어떤 에리어가 생성될지 알 수 없어서 두근거리는 방법을 듣고 나는 고개를 끄덕였다.

　"그래, 그럼 한 번만 해볼까?"

　한 번 정도라면, 그런 마음으로 타쿠 일행과 파티를 짠 다음 [스타 게이트] 줄에 섰다.

　그리고 줄을 서는 동안 각자 담당할 심볼의 차례와 선택할 심볼을 하나씩 정했다.

　"그럼 하나, 둘하고 보여주기다."

　"""하나~ 둘!"""

　타쿠가 장단을 맞추는 것과 동시에 내민 여섯 개의 심볼.

　미리 정한 순서대로 확인해보니—— [숲], [숲], [짐승], [흙], [비], [맑음]이었다.

　"오, 재미있는 심볼 코드가 나왔네."

　"으엑, 같은 심볼이 연달아 있네. 그리고 [비]하고 [맑음]이라니, 이게 뭐야."

재미있다고 평가하는 타쿠와는 달리 신기하게도 싫은 기색을 보이는 간츠.

"이, 이봐. 심볼을 바꾸면 안 돼? 적어도 [숲]의 심볼 차례나 [비]하고 [맑음] 중에서 하나를 바꾸는 게 낫지 않아?"

"안 돼. 그럼 의미가 없으니까. 좋아, 가자!"

간츠는 우리가 내민 심볼을 바꾸자며 타쿠를 설득하려 했지만 곧바로 거절당했다.

"자자, 간츠, 가자."

"아, 잠깐! 마음의 준비가―― 으아앗!"

간츠 혼자 겁을 먹은 와중에 미니츠가 억지로 끌고 가며 [스타 게이트] 안으로 들어갔다.

케이와 마미 씨도 간츠와 미니츠를 따라갔다.

"왜 간츠는 저렇게 싫어하는 거야?"

"뭐, 가보면 알 거야."

나는 왜 그렇게 싫어하는 건지 고개를 갸웃거리면서 타쿠와 함께 [스타 게이트]로 들어갔다.

그리고 도착한 에리어에는――.

"아~, 맑기는 한 것 같은데, 비는 어디 갔어?"

[스타 게이트]를 지난 뒤 주위를 둘러보니 맑고 푸른 하늘이 숲의 나무 사이로 보였다.

"다행이다. 이상한 에리어가 아니라서……."

그리고 먼저 와 있던 간츠는 이 숲 에리어를 보고 안심한 모양이었다.

척 보기에 매우 평범한 숲처럼 보이는 에리어였지만, 한 발짝 내딛자 몸이 무겁게 느껴져서 스테이터스를 확인했다.

"어? 왜 [스테이터스 저하 중]하고 [MP 소비량 증가] 상태이상에 걸린 거야?!"

그것도 아이템 등으로 해제하는 것이 불가능한 상태이상이라 당황스러웠다.

"음~. 이 정도로 그친 게 다행이라고 봐야 하나? 아니, 아직 안심할 수는 없지."

타쿠는 [스타 게이트]에 뛰어들기 전부터 이렇게 되리라 예상하고 있었던 모양이다.

그리고 멍해진 나를 보고 타쿠가 물었다.

"간츠는 베타 버전 시절에 트라우마가 생겼거든. 윤은 이런 거 처음이야?"

"이런 거라는 게 뭘 말하는 건지 모르겠지만 에리어에 들어와서 상태이상에 걸린 건 처음이야."

그렇게 대답하자 타쿠가 이유에 대해 설명해주었다.

"심볼을 이상하게 조합하거나 정해진 규칙을 어기면 [에러 코드]라 불리는 현상이 일어나."

"정해진 규칙? 그리고 [에러 코드]?"

내가 묻자 타쿠가 고개를 끄덕였다.

"그래, 심볼 코드의 내부 변수에는 이른바 모순치라는 게 설정되어 있어. 그것이 일정 이상 넘어간 채 생성된 에리어에서는 플레이어에게 불리한 영향을 끼치는 모양이야."

예를 들어 같은 심볼을 연속으로 사용하면 불리한 영향이 생기곤 한다.

날씨 심볼인 [맑음]과 [흐림], [비] 등을 동시에 조합하는 경우.

[크다]와 [작다], [극소] 등의 상반된 사이즈 심볼을 동시에 쓸 경우도 마찬가지다.

물론 예외적으로 조합이 성립되는 경우도 있긴 하지만, 대부분은 심볼 코드의 모순치가 쌓여서 불리한 효과가 생기는 모양이었다.

"불리한 것들 중에서 약한 경우로는 [만복도 감소]나 [스테이터스 저하 극소], [상시 : MP감소] 같은 게 있는데, 강한 효과에 걸리면 진짜 전투는커녕 탐색도 못 할 정도야."

"베타 버전 때는 버그도 많아서 잘 알지 못하고 [에러 코드]를 쓰면 이상한 현상을 겪거나 정신이 불안정해질 정도로 색채가 이상한 에리어가 생성되곤 해서 트라우마감이지."

"그리고 복각되었다고 해도 [에러 코드]에는 플레이어에게 불리한 영향으로 스테이터스 저하, HP와 MP 감소, 적 MOB의 선공화와 감지 에리어의 증가, 적 MOB의 스테이터스 상승 같은 여러 요소가 끼어들어서 난이도가 단숨에 올라가니까."

"호, 호오…… 그런 효과가 있구나."

나는 몸을 조금씩 떨면서 고개를 끄덕였다.

그리고 트라우마가 있는 건 간츠 혼자뿐이고 다른 사람들은 모두 꽤 호의적으로 받아들였다.

"[에러 코드]는 원래 베타 버전에서 정상적인 플레이가 불가능한 버그 에리어를 부르는 통칭이었어. 모순치는 원래 설정되어 있긴 했지만 베타 버전 때는 사용된 심볼의 효과를 전부 반영시키려는 처리가 이루어져서 억지로 심볼 코드를 만든 에리어는 버그로 일그러지거나 색채가 이상해진 모양이던데."

"호오~."

타쿠의 설명을 듣고 소리 내어 감탄했다.

하지만 [에러 코드]라도 색채에 따라서는 붉은 하늘에 검은 태양, 녹색 바다와 보라색 숲 같은 판타지스러운 풍경이 나오곤 했다.

그렇기 때문에 베타 버전의 [에러 코드]도 전부 다 나쁜 요소라고 할 수는 없다.

"그럼 그런 [에러 코드]가 지금은 괜찮은 거야?"

내가 묻자, 케이가 대답해주었다.

"버그는 해결되었지만 평가가 좋았던 배색 패턴 몇 가지는 남은 모양이던데."

버그 때문에 생긴 것들이 역수입된다니 우연의 산물이겠지만 재미있네, 케이의 설명을 들으며 그렇게 생각했다.

일부러 [에러 코드]를 만들어서 판타지 느낌이 나는 경치를 찾아보는 것도 재미있을 것 같다.

"그렇게 하려면 잘 생각해서 심볼 코드를 만들어야 하겠구나. 적당히 만들어도 그 모순치라는 걸 높일 수 있나?"

"뭐, [에러 코드]를 의도적으로 유발시켜서 능력에 제한을 걸거나 적 MOB을 끌어모으는 플레이를 할 수도 있겠지."

그렇게 말한 타쿠는 설명을 마무리했다.

긴 설명이 끝나자 우리는 바로 [에러 코드] 숲 에리어를 탐색하기 시작했다.

"[에러 코드]는 일반적인 에리어하고 다르니까 뭔가 신경 쓰이는 부분이 있으면 말해줘."

타쿠가 그렇게 말하자 모두가 고개를 끄덕이고 각자의 역할을 해나가며 숲 에리어를 탐색했다.

에리어 자체는 그렇게까지 넓지 않고, 에리어 끄트머리로 이동하면 공간이 되돌아와서 계속 이어지는 것 같은 느낌이다.

적 MOB도 제1마을 동쪽 숲에 나오는 빅 보어뿐이고 보스 MOB도 없다.

다른 점을 따지자면——.

"왠지 공격이 가벼운데……."

나는 끌어들이기 위해 멀리 있던 빅 보어에게 화살을 날렸다.

예전과 비교하면 장비도 충실해졌고, 레벨과 스테이터스도 올라갔다.

하지만 검은 소녀의 장궁에서 날아가는 화살의 기세가 약했고, 빅 보어의 모피에 꽂혀도 얕게 박혀서 손맛이 느껴지지 않는다.

"적 MOB의 스테이터스도 강화된 건가? 평소 느낌으로 싸우다가는 대미지를 많이 입을 것 같으니까 인챈트를 걸어줘."

"알았어. 《인챈트》── 어택, 디펜스, 스피드!"

타쿠를 비롯한 전위들에게 삼중 인챈트를 걸고 싸우니 잠시 후 강화 빅 보어가 쓰러진 뒤 빛의 입자가 되어 사라졌다.

"뭐, 지금 레벨이면 이 정도지."

그렇게 말하고 우리가 쓰러뜨린 강화 빅 보어의 드롭 아이템을 확인해보니──.

"빅 보어의 고기인가? 아니, 고기에만 효과가 있는 건가?"

여러 마리 쓰러뜨리고 모두의 드롭 아이템을 확인한 결과, [빅 보어의 고기]와 [질 좋은 빅 보어의 고기]만 있었다.

MOB이 질 좋은 식재료를 드롭하는 경우는 별로 없다.

[에러 코드]로 발생하는 영향 중 얼마 안 되는 긍정적인 효과인지도 모르겠다.

"다시 말해 이 심볼 코드는 [돼지고기의 숲]이라는 건가……."

왠지 어감이 싫다.

그렇게 생각하면서도 식재료는 필요했기에 빅 보어의 고기를 모았다.

약한 상대라 해도 강화된 상태였기에 사역 MOB인 뤼이와 자쿠로도 전투에 참가시켜서 고기를 모으며 돌아다녔다.

"오, 또 운영 쪽에서 새로운 공지를 올렸네."

고기를 모으는 작업이 일단락되었을 무렵, 타쿠가 멈춰서서 메뉴에 운영 쪽에서 새로운 공지를 올린 것을 확인했다.

그리고 그것을 바로 읽기 시작했다.

"――[준 기념일 업데이트의 최종 업데이트 내용 공지]."

제1탄이 [심볼] 추가, 제2탄이 [스타 게이트 추가], 이렇게 단계적으로 이루어진 [준 기념일 업데이트].

그 최종 내용이란――.

"――『이번에 [스타 게이트] 시스템을 이용한 특수 퀘스트 [센스 확장 퀘스트 · 거울 속에서 온 도전장]이 업데이트 되었습니다. 이 퀘스트는 솔로부터 파티, 레이드, 어떤 형태의 전투도 가능한 특수 퀘스트입니다』라는데."

나도 공지의 최종 업데이트 내용을 훑어보았다.

운영 쪽에서 플레이어에게 보내는 도전장으로 준비한 퀘스트.

이 센스 확장 퀘스트는 심볼 없이 시작할 수 있는 특수 심볼 코드를 사용한다.

퀘스트의 무대가 되는 에리어는 이 퀘스트를 위해 마련한 특수 에리어.

이 퀘스트를 클리어하면 새로운 센스 장비칸이 하나 확장되며 특수 심볼 코드를 구성할 수 있는 신규 추가 [심볼] 5종류를 얻을 수 있다.

그 신규 추가 심볼은 일반적인 [스타 게이트] 안에서도 얻을 수 있다.

"심볼 없이 [스타 게이트]를 사용할 수 있다는 건 [미궁거리]에 도달한 플레이어가 모두 참가할 수 있다는 뜻인가?"

타쿠는 참가할 수 있는 플레이어의 조건에 대해 생각했다.

그리고 마미 씨는 조금 조심스럽게 자신의 의견을 말했다.

"저, 저기…… 1월에 추가된 센스 확장 퀘스트 [세 개의 시련]은 조건이 SP 50 이상이고 소모가 심했으니까 그것보다 조건이 느슨한 별도의 센스 확장 퀘스트를 마련한 거 아닌가 하는데."

그런 이유도 있을지 모르겠다, 나는 그렇게 생각하며 미니츠와 함께 고개를 끄덕였다.

"뭐, 이유 같은 건 상관없잖아! 12번째 센스 장비칸을 얻을 수 있다니 배포도 크네! [팔백만] 원정에 대비해서 강화시키기에는 딱 좋잖아!"

그런 와중에 혼자서 신이 난 간츠를 보고 우리는 쓴웃음을 지었다.

역시 타쿠 일행도 골든 위크 때 진행될 [팔백만]의 원정에 참가할 모양이다. 그 원정에 아는 사람이 많이 있다니 조금 안심이 되었다.

●

OSO의 [준 기념일 업데이트] 공지가 뜨고 난 며칠 동안.

새로운 센스 확장 퀘스트가 진행된다는 소식에 많은 플레이어가 설레면서 업데이트 당일을 기다렸다.

나는 센스 확장 퀘스트 업데이트 공지를 받았을 때 함께 있던 타쿠네 파티와 퀘스트에 참가하게 되었다.

"다들 준비됐지!"

타쿠가 한 말을 듣고 모두가 고개를 끄덕였다. 새로 업데이트된 퀘스트 전용 심볼 코드는 이미 받은 상태다.

[센스 확장 퀘스트 거울 속에서 온 도전장]의 심볼 코드인 [폐허], [성], [마을], [봉인], [그림자]로 인해 무대가 될 에리어에 [스타 게이트]가 연결되어 있다.

"하긴, 거울 같긴 하네."

고리 모양 오브젝트 내부에 퍼진 은빛 경계면을 앞에 서서 보니 거울처럼 우리 플레이어를 비추었다.

그리고 우리 차례가 오자 [스타 게이트]로 뛰어들었다.

여러 번 경험했던 [스타 게이트]로 전이하는 느낌.

도착한 곳에서는 타쿠 일행도 기다리고 있──을 줄 알았는데.

"어라? 타쿠? 다들 어디 있어? 아니, 옷이 초기 장비인데?!"

[스타 게이트]를 빠져나와 보니 작달막한 언덕 위였다.

주위에 있던 플레이어는 나와 마찬가지로 변한 모습에 당황하며 파티 멤버를 찾아 둘러보고 있었다.

"앗, 퀘스트 설명이 떴다. 일단 확인해볼까."

멋대로 메뉴가 뜨고 퀘스트를 설명하기 위한 동영상이 재생되었다.

그리고 해설자는 이제 익숙해진 OSO 개발부 부장 요시노 카즈히토였다.

『이번 센스 확장 퀘스트 [거울 속에서 온 도전장]에서는 플레이어들이 [스타 게이트] 너머에 전개된 넓은 에리어를 무대로 가운데에 있는 성의 폐허까지 가야 한다.』

내가 작달막한 언덕에서 주변을 둘러보니 주위에는 숲이 펼쳐져 있었다.

그리고 작달막한 언덕 위에서 숲 바깥쪽을 보니 평원이 약간 보였고, 멀리에는 흐릿하나마 성벽과 그 안에 솟아 있는 고성의 폐허가 보였다.

『하지만 그저 가기만 하는 퀘스트가 아니다. 우선 시작지점은 모든 플레이어가 각각 다른 초기지점으로 전이된다. 그로 인해 파티를 짜고 있던 플레이어는 파티가 강제로 해제된다.』

시작지점에서는 혼자 출발하는 건가?

뿔뿔이 흩어진 타쿠 일행과 파티를 다시 짜려면 모두와 합류할 필요가 있겠구나.

시작지점인 세이프티 에리어를 일일이 돌아다니면서 합류할까? 아니, 이런 경우에는 세이프티 에리어에 있는 플레이어들끼리 즉석 파티를 짠다.

그리고 가운데에 있는 고성의 폐허를 향해 간 다음 그곳에서 타쿠 일행과 합류하는 방법도 있다.

합류한 다음에는 원래 파티로 도전하거나 즉석에서 짠 파티까지 함께 레이드로 보스에게 도전할 수도 있다.

그리고 사전 정보에 따르면 파티나 레이드뿐만이 아니라 혼자서도 클리어할 수 있는 형태라던데…….

지금 시점에서 어떤 보스인지는 모르겠지만 퀘스트 설명 동영상은 아직 끝나지 않았다.

『다음, 플레이어들에게는 여러 가지 제한을 마련했다. 그 제한으로는 장비 센스 제한, 아이템 반입 금지 제한이 모든 플레이어에게 걸려 있다.』

나는 급하게 인벤토리를 확인했다.

메뉴의 인벤토리 안에 있던 모든 아이템이 잠겨 있고 사용할 수 있는 아이템은 지금 장착하고 있는 초기 장비뿐이다.

그때 많은 플레이어들이 자신의 모습이 변한 것에 대해 이해했다.

그 뒤를 이어 장비 센스 제한은———.

소지 SP 25
[센스 미장비] [봉인] [봉인] [봉인] [봉인] [봉인] [봉인] [봉인] [봉인] [봉인]

대기
[활 Lv55] [장궁 Lv42] [마궁 Lv26] [하늘의 눈 Lv27]
[간파 Lv38] [마도 Lv33] [대지속성 재능 Lv15] [부가술사 Lv11]

[염동 Lv9] [물리공격 상승 Lv26] [준족 Lv31] [조약사 Lv30]

[연금 Lv49] [합성 Lv49] [조금 Lv43] [조교 Lv41]

[요리인 Lv20] [생산직의 소양 Lv27] [수영 Lv18]

[언어학 Lv28] [등산 Lv21] [신체내성 Lv5] [정신내성 Lv4]

[선제의 소양 Lv17] [급소의 소양 Lv15]

제1센스 장비칸 말고는 봉인 상태였다.

『센스는 제1센스 이외의 장비칸이 봉인된 상태로 시작하게 된다. 하지만 이 넓은 에리어에는 센스 장비칸의 봉인을 해제하는 방법이 마련되어 있다. 또한 새로 센스를 장비하면 그 센스에 맞는 초기 아이템도 얻을 수 있다.』

장비 센스로 무기 센스를 고르면 그에 맞는 무기, 생산 센스를 고르면 그에 맞는 생산 키트를 받을 수 있을 것이다.

『센스를 취득하는 것에는 제한을 걸지 않았고, 진행이 불가능하다고 느낀 플레이어는 초기지점에서 봉인 상태를 초기화시키고 다시 시작할 수도 있다.』

그밖에 각 세이프티 에리어를 등록해두면 세이프티 에리어 사이를 전이할 수도 있다고 한다.

또한 이 봉인 상태는 센스 확장 퀘스트에 한정된 상태이기 때문에 일반 에리어로 돌아가면 아이템도 쓸 수 있다.

퀘스트 중에는 아이템을 반입할 수 없지만, 클리어한 다음에 아이템을 가지고 나가거나 센스의 봉인을 풀 수 있다.

클리어한 다음에도 퀘스트 무대인 에리어를 즐길 수 있게끔 하는 배려지만 클리어한 다음에도 아이템 반입은 제한된다.

그 이유는 아직 센스 확장 퀘스트를 진행하고 있는 플레이어들의 난이도를 낮추지 못하게끔 하기 위해서다.

퀘스트를 다시 시작할 때는 귀환할 때 세이프티 에리어에서 아이템 상황과 센스 봉인 상황이 저장된다.

그밖에 자잘한 설명을 들으면서 우선 내가 생각한 것은———.

"거짓말이지……, 이런 건 너무 심하잖아."

시작할 때 장비할 수 있는 센스는 단 하나.

내게는 최악이라 할 수 있는 상황이라 자잘한 설명을 흘려들으며 멍해졌다.

5장   도전장과 센스 봉인

『윤. 지금 어디쯤 있어?』

"지도를 보니 아마 남쪽 시작지점."

『나는 북쪽이야. 완전히 정반대구나.』

센스 확장 퀘스트의 너무나도 강력한 제한에 나는 타쿠와 프렌드 통신이 연결될 때까지 멍한 상태였다.

내가 등록한 세이프티 에리어 주변이 자동으로 지도에 등록되는지 메뉴에 뜬 지도로 내 위치를 대충 파악했다.

『그럼 어떻게 할래? 혼자서도 괜찮을 것 같아?』

"안 될 것 같아······."

약한 모습을 보이는 내게 이 센스 확장 퀘스트 [거울 속에서 온 도전장]은 상성이 최악인 퀘스트다.

내 센스 구성의 장점은 여러 센스가 서로 영향을 주면서 유용한 효과를 발휘하는 것—— 조합이 핵심이다.

하지만 그 조합을 봉인당한 상태로 시작하게 되니 불안하기만 했다.

『아~, 일단 나도 합류할 수 있게끔 해볼게. 윤도 즉석 파티라도 짜서 조금씩 센스의 봉인을 풀어.』

"알았어."

타쿠와 잠깐 이야기를 나눈 뒤 프렌드 통신이 끊어졌다.

그리고 나는 첫 번째 센스를 어떤 걸로 선택해야 할지 생각했다.

유일하게 비어있는 센스 장비칸에 소지 센스를 장비하려 하자 쉽게 변경할 수 없다는 식으로 경고 메시지가 떴고, 각 센스를 장비했을 때 얻을 수 있는 지급 아이템을 확인할 수 있었다.

"센스는 장비하지 않으면 센스에 관련된 행동을 할 수가 없어. 판정도 발생하지 않고."

예를 들어 맞는 무기 센스 없이 적 MOB을 공격해도 대미지를 입히지 못하고, 생산 센스가 없으면 소재가 있다 해도 생산을 할 수가 없다.

그리고 탐색이나 전투를 편하게 하기 위한 보조 센스도 효과적인 센스다.

그중에서도 공격수단은 중요한 것 같다.

"내가 가지고 있는 공격수단 관련 센스는── [활] 계열 센스하고 [요리인], 그리고…… 일단 [조약사]인가?"

상위 활 계열 센스를 장비하면 지급되는 활과 화살을 써서 전투를 벌일 수 있게 된다.

하지만 초기에 지급되는 철화살은 한 세트, 30개.

그것도 1회용 화살이다.

[요리인] 센스로 지급되는 아이템은 식칼과 도마, 그리고 냄비다.

단검과 방패, 그리고 머리 방어구를 얻는 거나 마찬가지다. 뭐, 센스의 보정도 없고 무엇보다 꼴사납다.

마지막으로 [조약사]는 초보용 조합 키트를 얻을 수 있다.

이것을 사용하면 독약이나 대미지약을 만들 수 있고, 던지면 일단 대미지를 입힐 수 있긴 하다.

하지만 소재를 모아서 생산해야 하는 수고가 들기 때문에 그렇게 쓰러뜨리는 것은 비효율적이다.

"이 세 가지 수단 중에서 한 가지를 골라야 하는데."

뭘 골라도 불안하기만 했다.

아니, 센스의 취득에 제한은 없으니 새로 근접 무기 계열 센스를 취득해서 싸우면……이라는 생각도 들었지만 지금 취득해도 레벨이 1이다.

지금 만약 레벨이 1인 근접 무기 센스를 장비하더라도 실용적이진 않다.

스테이터스는 장비 중인 센스의 스테이터스 상승치 합계로 정해진다.

지금은 하나밖에 장비할 수 없기에 스테이터스가 10분의 1 이하로 떨어졌다고 생각하면 된다.

"이렇게까지 제한이 심하고 약해지면 누구나 마찬가지지."

이렇게 불평해도 소용없지, 그렇게 생각하면서 나는 문득 어떤 사실을 깨달았다.

"딱히 처음부터 전투 계열 센스를 고를 필요는 없지. 여기서 초기화시킬 수 있으니까."

나는 그렇게 중얼거린 다음에 마음 편히 [하늘의 눈] 센스를 장비했다.

소지 SP 25
[하늘의 눈 Lv27] [봉인] [봉인] [봉인] [봉인] [봉인] [봉인]
[봉인] [봉인] [봉인] [봉인]

대기
[활 Lv55] [장궁 Lv42] [마궁 Lv26] [간파 Lv38] [마도 Lv33]
[대지속성 재능 Lv15] [부가술사 Lv11] [염동 Lv9]
[물리공격 상승 Lv26] [준족 Lv31] [조약사 Lv30] [연금 Lv49]
[합성 Lv49] [조금 Lv43] [조교 Lv41] [요리인 Lv20]
[생산직의 소양 Lv27] [수영 Lv18] [언어학 Lv28] [등산 Lv21]
[신체내성 Lv5] [정신내성 Lv4] [선제의 소양 Lv17]
[급소의 소양 Lv15]

공격수단도 없고 스테이터스도 그렇게 높지 않다.

하지만 단숨에 좁아졌던 시야가 탁 트였고, 작달막한 언덕의 세이프티 에리어에서 멀리 보이는 고성의 폐허가 더 선명하게 보이게 되었다.

"최대한 빨리 봉인을 해제하는 방법을 찾아내야지."

그리고 제1센스 장비칸이 채워진 것과 동시에 장비 센스 봉인 해제 튜토리얼이 떴다.

──현재 봉인되어 있는 센스를 해방시키기 위해서.

각각 레벨 1부터 레벨 9까지 퀘스트가 이 에리어에 마련되어 있습니다.

그 퀘스트를 달성함으로써, 레벨 숫자의 한 단계 위까지 장비 센스칸 봉인을 해제할 수 있습니다.

그 이후로 같은 레벨의 퀘스트를 클리어하면, 레벨 숫자와 같은 숫자의 센스 변경권을 획득할 수 있습니다.

예를 들어 레벨 5 퀘스트를 클리어하면 봉인이 해제되어 센스를 6개까지 장비할 수 있게 되고 다시 같은 레벨의 퀘스트를 클리어하면 센스를 5개 변경해서 장비할 수 있게 되는 모양이다.

센스를 빠르게 변경해서 각 센스를 장비했을 때 지급되는 아이템을 얻지 못하게끔 하려는 모양이었다.

그리고 센스 봉인 해제 퀘스트 일람이 아래로 길게 떴다.

주로 토벌, 채집, 심부름 계열 퀘스트로 나뉘어 있었고, 많은 플레이어들이 자신의 무기로 근처에 있던 적 MOB을 쓰러뜨리기 시작하고 있었다.

"나는──."

공격수단이 없는 상태에서는 채집이나 심부름 계열 퀘스트만 할 수 있을 것이다.

그리고 채집 계열 퀘스트의 내용은 'ㅇㅇ를 일정 이상 모은다' 같은 게 있었다.

심부름 계열 퀘스트는 'ㅇㅇ에 공물을 바친다'처럼 NPC 없이 각지의 오브젝트에 어떤 행동을 하는 퀘스트인 모양이었다.

"이대로도 봉인 해방 퀘스트를 달성할 수는 있지만 역시 공격수단…… 응?"

문득 세이프티 에리어에서 장비 센스를 초기화하려다 둘러보았을 때, 시야 구석에 마을로 보이는 건물들이 보였다.

[하늘의 눈]이 없었다면 못 보았을 테고, 성의 폐허로 가는 최단거리에서는 떨어져 있는 곳이지만 그곳이 왠지 신경 쓰였다.

"공격수단이 있다 해도 금방 죽어서 돌아올 것 같으니까…… 뭐, 상관없겠지."

겨우 서른 번만 사용할 수 있는 공격수단이나 불안한 요리 식칼을 받기보다는 적을 멀리서 볼 수 있는 [하늘의 눈]으로 그 마을까지 숨어서 가기로 했다.

한꺼번에 많은 장비 센스가 제한되어서 몸이 무겁게 느껴지는 와중에 작달막한 언덕을 내려가서 숲속으로 들어가 마을을 향해 나아갔다.

"일단 써먹을 수 있을 만한 건 모아두어야지."

약초와 돌, 나뭇가지, 새의 깃털, 버섯과 과일 등의 식재료, 눈에 보이는 것들을 채집하면서 나아갔다.

"왠지 정겹네."

OSO를 처음 시작했을 무렵에는 이런 느낌이었다.

뭐, 지금도 모을 수 있는 소재의 랭크가 바뀌긴 했지만 하는 행동은 별로 달라지지 않은 것 같기도 하다.

그렇게 걸어가다 보니 앞쪽에서 풀잎을 밟는 소리가 들렸기에 그쪽을 보았다.

"윽?! 고블린!"

나는 혼자 있던 고블린을 발견하고 나무줄기에 몸을 숨긴 뒤 상대방의 움직임을 보았다.

(지금은 공격수단도 없으니 도망칠 수밖에 없어.)

평소에는 가볍게 쓰러뜨릴 수 있는 적 MOB인데 센스가 봉인되어 약해진 탓에 도망쳐다닐 수밖에 없다.

나는 인벤토리에서 모아둔 돌 중 하나를 꺼내 쥐었다. 그리고 고블린의 색적 범위와 시선을 움직이는 방식을 관찰했다.

그리고 고블린의 시선이 내가 있는 쪽에서 벗어난 순간, 돌을 머리 있는 풀밭 쪽으로 던져서 소리를 냈다.

고블린이 소리가 난 쪽을 돌아보며 멈춰선 순간, 조용히 사각을 파고들며 다른 나무줄기에 몸을 숨겼다.

"……역시 멍청한 아이인가 보네."

돌을 던진 소리를 듣고 고개를 갸웃거린 다음·머리를 긁고 다시 걸어가기 시작한 고블린의 뒷모습을 보고 그런 감상을 중얼거렸다.

문득 신경 쓰여서 센스 봉인 해제 퀘스트 리스트를 보니 고블린을 여러 마리 해치우는 퀘스트는 레벨 1이었다.

그리고 그 고블린의 상위 MOB인 홉고블린 토벌은 레벨

3 퀘스트로 설정되어 있었다.

"처음에는 고블린을 쓰러뜨리거나 고블린에게서 도망쳐 다니면서 채집 같은 걸 해야겠지."

그렇게 중얼거린 다음 작달막한 언덕에서 본 마을을 향해 나아갔다.

가던 도중에 고블린이 사는 곳으로 보이는 장소를 멀리서 찾아냈고, 혼자서 걸어 다니는 고블린들을 숨어서 보내며 숲을 빠져나왔다.

"겨우 숲을 빠져나왔네."

마을을 향해 거의 일직선으로 왔지만, 약해졌기 때문에 조심스럽게 눈에 띄는 아이템들을 전부 모으며 오느라 생각했던 것보다 시간이 꽤 많이 걸렸다.

그리고 도착한 마을을 근처에서 보고 할 말을 잊었다.

"……폐촌, 이었나."

마을 같은 인공물이 있길래 NPC가 있고 아이템 같은 걸 보충할 수 있으면 좋겠다고 생각했지만, 인기척이 없었다.

하지만 그 대신 시작지점인 세이프티 에리어와 마찬가지로 받침대가 있었고, 그것을 만지자 장소를 등록하고 주변 지도를 갱신할 수 있었다.

"이제 이동지점이 늘어났으니 한 발짝 전진한 건가?"

죽어서 돌아오는 부활지점으로 설정하고, 여기서 [스타 게이트]로 귀환할 수 있다.

"아직 시간이 있으니까 이 폐촌을 탐색해볼까."

나는 약간 이끼가 낀 마을 집들을 하나씩 조사해보았고, 의외로 안에 아이템이 남아 있었다.

"나이프, 손도끼, 청동검하고 녹슨 철제 무기. 냄비하고 프라이팬 같은 조리기구. 목재, 밭에서 알아서 자란 채소 식재료 아이템, 열화된 포션 같은 소모품……."

왠지 모르겠지만 서바이벌 생활이라는 단어가 떠오른다.

역시 아무것도 없는 상태에서 시작한 초반 무렵을 떠올리면서 주위를 둘러보니 폐촌 풀밭에 군데군데 약초가 있었고, 그것도 모았다.

그리고 드디어——.

——레벨 1 채집 퀘스트 : 약초 X 30개 수집 달성.
제2센스의 봉인이 해제되었습니다.

드디어 봉인된 센스를 하나 해제할 수 있게 되었다.

아마 지금까지 3시간 정도 걸렸겠지.

검 같은 무기 센스를 가지고 있던 플레이어가 고블린 같은 약한 MOB을 다섯 마리 쓰러뜨리면 금방 해방된다.

파티로 나서면 아마 10분 정도면 해제할 수 있을 것이다.

나는 여전히 비효율적이구나, 그렇게 생각하며 쓴웃음을 짓고 있자니 슬슬 저녁이 되어가는 시간이었다.

센스 확장 퀘스트를 중단하기 위해 세이프티 에리어에 있는 받침대에서 [미궁거리]로 귀환한 다음 로그아웃했다.

저녁 식사 때 미우와 식사를 하며 이야기한 화제는 물론 OSO에 추가된 센스 확장 퀘스트였다.

"깜짝 놀랐다니까. [스타 게이트]를 지나서 나와보니 루카네하고 뿔뿔이 흩어졌거든."

"그렇지. 나도 타쿠네 파티하고 함께 있었는데 뿔뿔이 흩어져서 당황했어."

"오빠는 센스 봉인 얼마나 해제했어? 나는 제4센스까지 해방시켰는데."

"빠르네. 나는 이제 막 제2센스를 해방시켰어."

그렇게 말하고 살짝 쓴웃음을 지으며 서로 상황에 대해 이야기했다.

"그렇구나. 앗, 그리고 보니 히노가 오빠하고 같은 시작 지점으로 가서 뒷모습을 봤다고 하던데!"

"아~, 그랬구나. 미처 몰랐네."

만약 그곳에서 히노나 다른 지인 플레이어들과 파티를 짰다면 더 효율적으로 센스의 봉인을 해제시킬 수 있었을지도 모른다.

"히노는 일직선으로 성 쪽으로 간 모양이던데, 오빠는 다른 방향으로 갔다고 했어. 성 쪽으로 가지 않고 먼저 타쿠 씨하고 합류하려 한 거야?"

"아니, 먼 곳에 폐촌이 보이길래 그쪽으로 갔어. 세이프티 에리어였고 도구와 아이템을 좀 얻기도 했지."

내 이야기를 듣고 고개를 끄덕이는 미우.

"그런 곳도 있구나. 그럼 적 MOB이 드롭하는 아이템으로 장비를 강화시키는 것보다 그런 곳을 노리고 아이템을 수집하는 쪽이 결과적으로 빠르게 장비를 강하게 만들 수 있으려나?"

"글쎄? 하지만 찾아낸 포션은 열화된 거라서 별로 쓸모가 없을지도 몰라."

"으, 회복 아이템도 충분히 보충할 수가 없어! 그리고 제4센스까지밖에 봉인을 해제하지 못해서 회복 마법을 쓸 수가 없어!"

미우는 [마검], [마도], [천광속성 재능], [입체제한해제], 이렇게 네 종류의 센스를 장비한 모양이었다.

"으, 혼자서 안정적으로 진행하려면 역시 [치유] 센스가 필요한데, [준족] 센스로 단숨에 성 근처까지 가는 게 더 나으려나?"

"퀘스트를 달성해서 센스를 교체할 수 있는 횟수를 늘린 다음에 진행하는 것도 괜찮을지 모르지. 나는 제2센스를 어떻게 할까."

미우에게는 그럴싸한 의견을 말하면서 나도 다음에 선택할 센스에 대해 생각하고 있었다.

이제 공격수단으로 삼을 활 계열 센스인가.

은밀 행동을 보다 안정적으로 만들기 위해 스테이터스 상승 계열 센스나 보조 센스인가.

아니면 모은 소재를 효과적으로 활용하기 위한 생산 센스.

일단 보류해두고 제3센스의 봉인을 해제한 다음 [마도]와 마법 계열 센스를 조합해서 장비할까.

"음~, 고민되네. 하지만 공격수단이 필요한 경우에는 레벨 1 퀘스트를 또 달성해서 [하늘의 눈]을 마법 계열 센스로 교체하면 마법으로 공격할 수 있지."

센스를 갖추어나가는 우선순위 같은 곳에서 사람에 따라 개성이 드러나는 것 같다.

그리고 내가 나아갈 방향은――.

"역시 도구가 없으면 안 되겠지."

"뭐야, 뭐야? 오빠, 역시 생산 계열 센스를 장비해서 플레이어와 교섭하면서 나아가는 스타일로 갈 거야?"

"아직 고민하는 중이야. 그래도 단숨에 고성까지 가고 싶긴 한데."

내가 한 말을 듣고 미우는 오빠가 별일이라며 중얼거렸다.

"사실 생산 센스를 사용해서 교섭 스타일로 나아가고 싶긴 하지만 시간이 너무 오래 걸리면 타쿠네 파티가 기다리게 되니까."

"아~, 오히려 데리러 와버릴 것 같네."

"금방 상상이 되는데. 그렇게 생각하니 좀 창피한 것 같기도 하고."

너무 늦어서 타쿠네 파티가 데리러 오는 장면을 상상하니 조금 한심해진다.

혼자서는 정하지 못했지만 미우와 이야기를 하고 나니 내가 가고 싶은 길이 보인 것 같았다.

그리고 그런 내 표정을 보고 미우도 만족스러운 표정으로 미소를 짓고 있었다.

●

저녁 식사를 마친 뒤 설거지와 목욕을 하고 로그인한 나는 센스 확장 퀘스트를 다시 시작했다.

"밤의 폐촌. 아이템 같은 게 부활하지 않았을까?"

밤의 별빛 아래에서 [하늘의 눈]의 암시에 의존하며 아이템을 찾아보았다.

약초나 알아서 자라난 채소 등의 채집 포인트, 건물 안에 남아 있던 아이템은 찾아냈을 때와 같은 곳에 부활해 있었다.

그런데 찾아낸 아이템이 다른 것으로 바뀌어 있는 것을 보니 도구에는 약간 랜덤성이 있는 것 같다.

"자, 역시 다음에 선택할 센스는 이거겠지."

로그아웃하느라 봉인이 해제되었는데도 장비하지 않았던 제2센스를 장비했다.

소지 SP 25

[하늘의 눈 Lv27] [간파 Lv38] [봉인] [봉인] [봉인] [봉인] [봉인] [봉인] [봉인] [봉인] [봉인]

대기

[활 Lv55] [장궁 Lv42] [마궁 Lv26] [마도 Lv33]

[대지속성 재능 Lv15] [부가술사 Lv11] [염동 Lv9]

[물리공격 상승 Lv26] [준족 Lv31] [조약사 Lv30]

[연금 Lv49] [합성 Lv49] [조금 Lv43] [조교 Lv41]

[요리인 Lv20] [생산직의 소양 Lv27] [수영 Lv18]

[언어학 Lv28] [등산 Lv21] [신체내성 Lv5] [정신내성 Lv4]

[선제의 소양 Lv17] [급소의 소양 Lv15]

그리고 밤하늘 아래에서 [간파]를 선택한 보너스로서 지급품인 삽과 피켈을 받아들었다.

이제 가다가 채굴 포인트도 파낼 수 있을 것 같다.

"좋았어, 됐다. 뭐, 여전히 공격수단은 없지만."

역시 내가 갈 길은 생산을 통한 교섭 스타일이다.

사전준비로써 소재 아이템을 모으기 편한 [하늘의 눈]과 [간파] 센스의 조합은 필요했다.

스스로 정하기는 했지만 조금 후회하기 시작했다.

그래도 바로 그 생각을 떨쳐내고 [하늘의 눈]으로 멀리 보이는 고성의 폐허와 성벽 그림자를 확인한 다음 그쪽으로 걸어가기 시작했다.

"분명 저 방향에는 폐촌 같은 건물이 있었으니 아이템도 남아 있을 거야. 그런 것들을 모아서 조금씩 센스의 봉인을 해제해 나가자."

무기 계열이나 마법 계열은 뒤로 미루고 먼저 아이템과 장비를 확충할 예정이다.

그리고 폐촌에서 나와 멀리 보이는 성을 향해 걸어가기 시작했다.

"……그러고 보니 진짜 혼자 여행하는 건 오랜만인 것 같네."

혼자라고 해도 평소에는 뤼이와 자쿠로가 함께였기 때문에 쓸쓸하진 않았다.

하지만 지금은 일반 서버에서 사용하던 아이템까지 봉인되었기에 뤼이와 자쿠로의 소환석을 쓸 수 없어서 불러낼 수가 없다.

"이런 상황이니 [조교] 센스는 어떤 의미로 죽은 센스가 되어버렸네."

뭐, 사역 MOB을 새로 동료로 맞이하면 되겠지만.

특히 고성 폐허로 가기 위해 타고 다니기 편한 MOB을 동료로 삼아 단숨에 뛰어가는 것도 효과적이긴 할 것 같지만…….

"뤼이가 삐질 것 같은데."

그렇게 중얼거리고 눈에 띄는 채집, 채굴 포인트에서 아이템을 수집했다.

가끔 주위를 [하늘의 눈]과 [간파]의 조합으로 조사하기 위해 높은 곳으로 올라가 주위를 둘러보았다.

"앗, 왼쪽 바위 그늘에 세이프티 에리어가 있었구나. 오른쪽 분지하고 그 안쪽 강가에도 세이프티 에리어가 있네."

바위 그늘과 분지는 잘 살펴보지 않으면 놓칠 것 같다.

멀리 있는 강가에는 여러 무리 플레이어들이 모닥불을 피우고 둘러앉아 있는 모습이 멀리서도 보였다.

"그밖에는……, 저건."

조금 특이한 오브젝트가 늘어서 있는 것이 보였다.

분지 세이프티 에리어 근처여서 주위에서는 사각이라 찾아내기 힘들 것 같다.

나는 그 오브젝트가 있고 눈에 잘 띄지 않는 곳에 호기심이 생겨서 다가갔다.

"좋았어, 세이프티 에리어 등록──, 아. 지도 확인은 나중에 해도 되려나?"

최대한 많은 세이프티 에리어 받침대를 등록하면 여러 군데로 순식간에 전이할 수가 있다.

큰 목표는 이 센스 확장 퀘스트의 결승점인 고성의 폐허다.

하지만 그러는 과정에서 필요할 경우에는 그 폐촌까지 전이해서 돌아오게 될 경우도 있을 것이다.

생산을 하려면 필요한 소재를 모으기 위해 그에 맞는 MOB이 나오는 곳으로 갈 필요가 있다.

그때마다 걸어서 돌아오는 것은 비효율적이고, 지도가 있으면 길을 헤맬 걱정도 없다.

그리고 지도를 보면 난관이 될만한 곳도 미리 알아볼 수 있다.

그밖에도 플레이어들과 교섭을 하는 스타일이라면 플레이어들이 많은 세이프티 에리어를 등록해두고 언제든지 전이할 수 있게끔 해둘 필요가 있다.

"뭐, 그것도 중요하지만 신경 쓰이는 건——."

무사히 분지 세이프티 에리어를 등록한 다음 바라본 것은 분지 근처에 있던 오브젝트였다.

"이건 지장인가?"

내 허리 근처 크기의 도조신 같은 오브젝트였다.

그것이 두 개 늘어서 있고, 그 앞에는 돌로 만든 그릇이 놓여 있었다. 그리고 오브젝트의 가슴 쪽에는 어떤 마크가 새겨져 있었다.

"이건…… 잎사귀 마크?"

그렇게 보이는 마크와 그릇을 보니 마크에 맞는 아이템을 바치라는 건가?

"이파리라면 약초라도 괜찮으려나?"

약초를 접시에 각각 한 다발씩 놓고 손을 마주 모았다.

그러자 퍼엉, 아이템이 가벼운 소리와 함께 연기가 되어 사라졌다.

그리고——.

——레벨 2 심부름 퀘스트 : 안전 여행상의 공물을 달성.

제3센스의 봉인이 해제되었습니다.

"이게 심부름 퀘스트구나."

두 지장—— 아니, 안전 여행상이 두 개라 레벨 2인가?

안전 여행상의 숫자가 늘어나면 그만큼 레벨이 높은 심부름 퀘스트가 되고 요구하는 아이템도 그에 맞게끔 바치기 어려워지는 건가?

"이번에는 레벨 1 채집 소재였으니 편해서 다행인가?"

거의 사각에 가까운 곳이긴 하지만 찾아내고 나니 의외로 간단하다.

나는 앞으로도 이런 곳을 돌아다니자고 생각하며 다음 센스를 장비했다.

소지 SP 25
[하늘의 눈 Lv27] [간파 Lv38] [조약사 Lv30] [봉인] [봉인]
[봉인] [봉인] [봉인] [봉인] [봉인] [봉인]

대기
[활 Lv55] [장궁 Lv42] [마궁 Lv26] [마도 Lv33]
[대지속성 재능 Lv15] [부가술사 Lv11] [염동 Lv9]
[물리공격 상승 Lv26] [준족 Lv31] [연금 Lv49] [합성 Lv49]
[조금 Lv43] [조교 Lv41] [요리인 Lv20] [생산직의 소양 Lv27]

[수영 Lv18] [언어학 Lv28] [등산 Lv21] [신체내성 Lv5]
[정신내성 Lv4] [선제의 소양 Lv17] [급소의 소양 Lv15]

나는 [조약사] 센스와 지급품인 조합 키트를 받아들고 고개를 끄덕였다.

앞으로 혼자서 이겨내기 힘든 일도 있겠지만, 포션이 있으면 살아남을 확률이 커진다. 그리고 역시 혼자 고독하게 여행하는 건 조금 쓸쓸한 느낌이다.

그리고 나는 메뉴를 띄우고 친구 항목에서 타쿠네 파티의 로그인 상황을 확인했다.

"타쿠하고 간츠, 케이는 로그인해 있네. 미니츠하고 마미 씨는 로그아웃한 건가?"

그리고 나는 타쿠와 프렌드 통신을 연결했다.

저번에 걸려왔을 때는 엄살을 부렸지만 지금은 어떻게든 될 것 같다는 사실을 전하려 했다.

『윤이냐? 무슨 일이야? 그쪽은 괜찮아?』

"괜찮아. 센스가 봉인되어서 불안하긴 했지만 시작지점에서 성 쪽으로 조금 나아갔어. 타쿠는 어때?"

『나는 근처에 있는 적 MOB을 쓰러뜨리면서 장비를 조달하고 있어. 역시 초기 장비로는 힘드니까.』

타쿠가 있는 북쪽에는 코볼트 계열 MOB이 많아서 운이 좋으면 무기 같은 아이템을 드롭하는 모양이었다.

뭐, 쓰러뜨린 적 MOB 중 대부분은 소재를 드롭하지만 근처에 생산 센스를 가지고 있는 사람이 없어서 쓸데가 없다며 타쿠가 농담처럼 말했다.

그리고 무리의 보스 MOB인 상위종을 쓰러뜨리면 약간 희귀한 장비를 얻을 수 있기 때문에 그것을 노리고 있다는 모양이었다.

"그렇구나. 뭐, 무리하진 마. 지금은 포션 같은 회복 아이템을 보충하기 힘들잖아."

『나도 알아. 아~, 이런 상황이 되니 정말 윤의 포션이 소중하다는 게 느껴지네.』

왠지 기쁜 말을 해주는 것 같다, 그렇게 생각하며 프렌드 통신 너머로 살짝 쓴웃음을 지었다.

"그런데 간츠하고 다른 사람들은 어때? 역시 후위인 미니츠하고 마미 씨는 힘든가?"

생산 플레이어인 나도 힘들다.

마법 계열 후위인 미니츠와 마미 씨는 제2센스 봉인을 해제하기 전까지는 마법을 쓰지 못하고, 스테이터스도 대폭 떨어진 상태다.

그래서 조금 걱정이 되는데——.

『미니츠는 문제없대. 메이스로 적 MOB을 쳐서 쓰러뜨릴 수 있으니까 고생하지는 않는 것 같아. 그리고 커뮤니케이션 능력도 뛰어나서 금방 즉석 파티를 짰다고 하던데.』

"그렇구나. 다행이다."

『간츠도 순조로운 모양이야. 그 녀석은 원래 맨손으로 싸우는 격투가니까 무기에 좌우되지 않는 스타일이야. 장비를 갖춰야 하는 수고가 덜한 만큼 다른 사람들보다 빠르게 센스의 봉인을 해제하고 있어. 그런데 마미 씨가…….』

"왜, 마미 씨에게 무슨 일이라도 생겼어?"

『동쪽 시작지점에서 혼자 남아서 당황하던데. 윤하고 마찬가지로 곤란해하더라.』

걱정되네. 그런 생각이 들었지만 타쿠의 이야기는 아직 끝나지 않았고, 그 내용을 들으니 안심이 되었다.

『마침 뮤우네 파티 멤버인 루카토가 있어서 같이 파티를 짠 모양이야.』

"루카토하고 같이 다니는구나. 잘됐네."

나는 안도의 한숨을 쉬었다.

루카토는 착실하고 주로 근접공격을 하는 플레이어다.

초반에는 루카토에게 의존하겠지만 센스의 봉인을 해제해 나가다 보면 마미 씨의 플레이 스타일을 되찾고 전력이 될 것이다.

『그런데 말이야…….』

"뭐야, 무슨 문제가 또 있어?"

『아니, 마미 씨가 혼자 떨어졌다는 말을 듣고 케이가 많이 걱정해서 성보다 먼저 마미 씨하고 합류하려는 모양이야.』

마미 씨는 동쪽. 케이는 서쪽에서 시작했기에 합류하려면 이렇게 넓은 에리어를 끝에서 끝까지 횡단해야 한다.

"진짜로?"

『진짜로. 아마 지금은 전력질주하면서 마미 씨와 합류하러 가고 있지 않을까? 나는 드롭되는 장비나 아이템을 회수하면서 나아가고 있는데, 케이는 센스의 봉인만 해제하고 아이템은 최소한만 쓰면서 나아가고 있을걸?』

지금도 마미 씨와 합류하기 위해 쉬지 않고 달려가는 모양이다.

그런데 왜 케이는 그렇게까지 필사적으로…… 설마 고지식한 케이가 사적인 감정으로 움직이지는──.

예전에도 왠지 마미 씨를 챙겨줄 때가 많았던 것 같은데, 좋아한다……거나. 그렇게 생각한 다음 고개를 저었다.

쓸데없는 생각은 하지 말자.

『윤? 갑자기 말이 없는데. 괜찮냐?』

"어? 아, 괘, 괜찮아! 그건 그렇고 무사히 나아가고 있다니 다행이네!"

『그래, 윤도 고성 근처에서 합류하는 거야, 알았지?』

현실에서도 학교에서 얼굴을 보는 사이고, 만나기만 하는 거면 [스타 게이트]에 들어오지 않고 일반 서버에서 만날 수 있다.

하지만 뿔뿔이 흩어진 시작지점에서 결승점인 고성 근처까지 간 다음 합류하는 것에 의의가 있다는 느낌이 들었기에 나는 고개를 끄덕였다.

그리고 프렌드 통신을 끊은 다음 일어섰다.

"자, 나도 열심히 해볼까."

나는 포션을 만들기 위해 필요한 물을 찾아 좀 전에 보았던 강가의 세이프티 에리어를 향해 이동하기 시작했다.

그 이후로──.

때로는 평원에서 약초를 채집하기 위해 지그재그로 나아가거나──.

때로는 세이프티 에리어에서 다른 플레이어들을 위해 포션을 만들고 보답으로 임시 파티를 짜거나──.

때로는 숲속에 들어가서 적 MOB에게 쫓기며 필사적으로 도망치거나──.

때로는 각지의 안전 여행상 오브젝트에 아이템을 바치고 안전한 여행이 될 수 있게끔 기원하거나──.

센스 해방 퀘스트의 무대인 넓은 필드에서 [조약사] 센스와 다른 플레이어들과의 협력을 통해 조금씩 고성의 폐허로 다가갔다.

OSO를 시작했을 무렵부터 지금까지 있었던 일들을 다시 체험하는 듯한 기분으로 계속 나아갔다.

봉인되어 있던 센스도 지금은 제5센스까지 해방되었고, 어떤 폐촌 세이프티 에리어에서는 화살을 안정적으로 쓸 수 있게 되었다.

그제야 겨우 걸림돌이었던 화살이 해결되었기에 제4센스

로는 무기 센스인 [장궁] 센스를 장비했다.

그 뒤를 이어 제5센스로는 이 넓은 필드에서 고저차를 신경 쓰지 않고 이동할 수 있게끔 [등산] 센스를 장비했다.

그리고 드디어——.

"겨우 여기까지 왔네."

[등산] 센스로 기어 올라간 바위산 위에서 내려다본 것은 고성의 폐허와 그 주위를 둥글게 둘러싸고 있는 성벽이었다.

"어이~! 해냈구나! 이제 성은 코앞에 있어!"

바위산 아래에서 근처 세이프티 에리어부터 여기까지 함께 와주었던 파티의 리더가 말을 걸어주었다.

"고마워!"

"별말씀을! [출장 아트리엘]에게 신세를 많이 졌는걸! 성벽 근처까지는 데려다줄게!"

그렇게 말하며 씨익 웃는 리더를 보고 나는 바위산에서 내려와 함께 성벽 쪽으로 걸어가기 시작했다.

처음에는 고독하게 혼자 여행하는 것을 상상했지만 중간에 세이프티 에리어에서 플레이어들과 교류했고, 때로는 많은 사람들과 함께 난관을 헤쳐 나왔고, 같은 세이프티 에리어에서 만난 플레이어들과 정보를 교환하기도 했다.

"여기까지만 데려다줘도 돼."

성벽 앞에 있는 평원에서 멈춰서서 데려다준 파티 멤버에게 말했다.

"그렇구나, 힘내라고. 우리는 더 레벨이 높은 곳에서 장비를 갖춘 다음에 도전할 테니까."

"그쪽도 힘내."

"힘내는 건 당연하지. 그리고 남쪽 녀석들은 윤의 포션 덕분에 다른 곳보다 훨씬 편하게 나아갈 수 있다고! 이 정도는 당연한 거야!"

나는 약하고 전혀 도움이 안 되는 후위지만 데려다준 플레이어들은 포션 같은 회복 아이템을 교환해준 것에 고마움을 느끼고 있는 모양이었다.

이 고성의 폐허와 그것을 둘러싸고 있는 성벽이 보이는 곳까지 안전하게 데려다주었다.

그런 그들과 헤어진 뒤 모습이 보이지 않게 될 때까지 손을 흔들며 바라보았다.

나는 성벽의 입구인 열려 있는 문에서 폐허가 된 성 아랫마을과 그 안쪽에 있는 고성을 올려다보았다.

"여기까지 레벨 4 퀘스트. 성 아랫마을에서는 레벨 6까지, 그 이상은 에리어 가장자리……."

조금씩 탐색한 센스 확장 퀘스트의 필드는 구릉지와 산악지대, 그리고 던전까지 있을 정도로 넓은 필드였다.

시작지점에서 가운데에 있는 고성을 향해 오면서 서서히 센스의 봉인 해제 레벨이 올랐다.

하지만 일정한 레벨이 넘은 뒤에는 가운데에 있는 고성과는 반대쪽인 필드 가장자리의 고레벨 지대에서 레벨 7 이상의 센스 봉인 해제 퀘스트를 할 수 있다.

"겨우 도착했네. 타쿠네 파티는 꽤 오래 기다렸겠지."

이미 타쿠와 다른 파티 멤버는 이 성 아랫마을에 도착했다.

제일 느리게 온 내가 도착하기 전까지 타쿠네 파티는 필드 가장자리의 고레벨 지대에서 센스의 봉인을 해제하고 장비를 확충하고 있다.

지금은 각지의 보스 MOB과 싸우며 시리즈 장비 드롭을 노리고 있을 것이다.

"다들 괜찮으려나? 뭐, 타쿠네 파티를 걱정하기 전에 내 걱정을 해야겠지."

나는 타쿠네 파티를 걱정하면서 적 MOB이 돌아다니는 성 아랫마을 안으로 발을 내디뎠다.

●

"으아, 무섭네."

조심스럽게 성 아랫마을 폐허를 나아가보니 큰길에는 갑주기사 MOB 두 무리가 순찰하고 있었다.

저 적 MOB에게 들키면 이 성 아랫마을을 탐색하기 힘들게 된다.

나는 그렇게 생각하고 갑주의 금속이 스치는 소리가 멀어지는 것을 들으며 인벤토리에서 센스 장비로 지급받은 아이템 중 하나를 꺼냈다.

"지상이 위험하다면 머리 위로 갈 수밖에 없지."

다섯 번째로 장비한 [등산] 센스 지급 아이템인 갈고리발톱 로프를 회전시킨 다음 폐허 건물 지붕에 걸치고 벽을 올라갔다.

쉽사리 올라가 건물 지붕 위에서 주위를 둘러보았다.

"오~, 역시 지붕 위는 안전하구나."

나 말고도 많은 플레이어들이 지붕 위를 이동하고 있는 모습이 보였다.

갑주기사들의 순찰 경로는 일정했기 때문에 지상에서도 돌아가면 피할 수 있다.

하지만 지상보다 지붕을 타고 이동하는 편이 더 빠르게 갈 수 있다.

"음, 목적지는…… 저기하고 저기구나."

이미 많은 플레이어들이 이 성 아랫마을로 들어왔기에 유용한 시설이나 정보가 올라와 있다.

나는 지붕을 타고 나아가며 지금도 굴뚝에서 연기를 토해 내고 있는 튼튼한 석제 건물로 이동했다.

그리고 갑주기사들에게 들키지 않게끔 갈고리발톱 로프를 사용해서 뒤뜰로 내려온 다음 뒷문을 통해 안으로 들어갔다.

"오! 윤 씨잖아! 무슨 일이야!"

이 폐허에는 대장장이 작업을 할 수 있는 화로가 세 개 늘어서 있고, 각각 [대장]과 [세공] 계열 센스를 가지고 있는 플레이어들이 차례를 기다리고 있다.

지금도 화로 안에는 불이 켜져 있고, 쇠망치를 휘두르며 무기를 만들어내고 있다.

"아니, 오늘은 그냥 구경하러 온 거야. 일단 여기도 세이프티 에리어지?"

"물론이지. 받침대는 저쪽에 있어!"

"고마워."

나는 그렇게 말한 다음 쇠망치 소리에 묻히지 않게끔 큰 소리로 말한 지인 생산 플레이어에게 가볍게 인사를 하고 받침대를 등록했다.

온 김에 예전에는 대장간이었던 것 같은 가게 폐허에서 쓸 만한 도구를 찾아보았지만 안타깝게도 남아 있던 것은 인기가 없는 무기나 금속 부분이 적은 도구뿐이었다.

대부분 이미 다른 사람들이 가져갔거나 지금 무기를 만들고 있는 생산 플레이어들이 소재로 쓰기 위해 주괴로 만들었을 것이다.

"시간이 지나면 부활할 테고, 지금 센스로는 액세서리를 만들 수 없으니까 상관없으려나."

나는 그렇게 중얼거린 다음 대장간 폐허에서 나와 지붕을 타고 다음 장소로 향했다.

다음에 갈 곳은 성 아랫마을 가장자리에 있고 뜰이 꽤 큰 건물이다.

다른 건물과 거리가 조금 떨어져 있고, 성 아랫마을의 가장자리에 있기 때문에 갑주기사의 순찰 경로에서 벗어나 있다.

"여기는 약 가게구나."

성 아랫마을에 몇 군데 있는 세이프티 에리어 중 하나인 약 가게로 들어갔다.

하얗게 칠해진 도색이 벗겨지고 녹색 식물로 뒤덮인 약 가게 폐허로 들어가 보니 포션 같은 것들이 담겨 있던 선반은 텅 비어 있었다.

"역시 그렇겠지. 부족한 회복 아이템을 여기서 모았을 거야."

이런 곳에 있는 방치 아이템 포인트는 시간이 지나면 부활한다.

생산직의 지원을 받을 수 없는 플레이어는 이런 곳이나 건물 내부를 돌아다니면서 아이템을 모으는 것 같지만, 내게는 다른 목적이 있다.

"안쪽에 있는 생산 설비는 제대로 갖춰져 있고, 뒤뜰에는 우물하고 약초밭도 있지. 이 정도면 하이 포션까지는 만들 수 있겠어."

지급받은 조합 키트로는 충분한 생산을 할 수가 없고, 효과도 [아트리엘]에서 준비를 제대로 갖추고 만드는 것과 비교하면 꽤 많이 떨어진다.

"자, 만들어볼까."

바로 뒤뜰에서 우물물과 약초밭에 자라나 있던 약초를 채집해서 포션과 하이 포션, MP 포션 제작에 착수했다.

그리고 만들어낸 것은——.

포션 [소모품]
회복 [HP+40%]

하이 포션 [소모품]
회복 [HP+60%]

MP 포션 [소모품]
회복 [MP+50%]

"응. 상황이 제한적이긴 하지만 기본 효과보다는 높네."

센스의 절반이 봉인된 상태라서 스테이터스가 낮고, 장비의 보정도 없다.

그런 상황에서도 기본 회복량보다 높은 포션을 만들 수 있게 된 것은 지금까지 레시피를 개량한 덕분이다.

SP를 얻어서 포션 같은 회복 아이템의 회복량 제한이 걸린 뒤에도 계속 만들어서 더 좋은 레시피를 알아낸 게 다행이다.

"그리고 이런 상황에서는 회복량 제한이 일부 완화되니까."

이 센스 확장 퀘스트 중에는 많은 플레이어들이 약해진 상태다.

그 때문에 SP 획득으로 인한 포션 회복량 저하는 없어졌다.

그래서 원래 회복량 제한이 걸리는 플레이어도 포션이나 하이 포션, MP 포션을 원래 회복량 그대로 사용할 수 있다.

"사람들이 모이는 세이프티 에리어에서 포션이 꽤 잘 팔렸지."

잘 팔린다 해도 이 센스 확장 퀘스트는 일종의 서바이벌 상태다.

센스가 봉인되고 아이템, 돈, 장비도 잠긴 상태여서 물물교환이 기본이다.

"좋아, 포션 107개, 하이 포션 34개, MP 포션 25개. 이 정도인가?"

먼저 타쿠네 파티에게 줄 하이 포션과 MP 포션을 빼둔 숫자를 세었다.

이 포션은 나중에 물물교환에 쓸 재료다.

"포션하고 뭘 교환할까. 저기, 뤼이하고 자쿠로는 뭔가…… 아니, 없지."

혼잣말이 많아진 나는 근처에 뤼이와 자쿠로가 없다는 걸 깨닫고 쓸쓸함을 느끼면서 다음 행동에 나섰다.

"자, 다음은…… 자잘한 건물 안을 조사하면서 아이템을 찾을까."

좀 전에 돌아본 대장간 폐허와 이 교외의 약 가게와는 달리 집 같은 곳에서는 골동품인 옛 금속 화폐와 호신용 무기, 방어구, 그밖에도 숨겨져 있던 액세서리 등을 찾아낼 수 있다.

금속제 아이템은 녹여서 주괴로 만든다. 액세서리 파츠를 해체하면 금속과 매직 젬으로 사용할 보석도 확보할 수 있을지 모른다.

그런 기대를 품으며 마을 안을 순찰하는 갑주기사 MOB에게 들키지 않게끔 지붕을 타고 이동했다.

그런 와중에 큰 공방을 발견했기에 그 안으로 들어갔다.

"……여긴, 가구 상점인가? 서랍이나 침대를 만들던 모양이네."

그밖에도 목재를 가공할 때 쓰는 톱과 쇠망치 등이 녹슨채 방치되어 있었다.

"목공점이니까 새 활이 있으면 좋겠지만, 아마 없겠지."

대충 살펴보니 방치된 아이템은 대부분 뭔가 문제가 있었다.

내구도가 낮거나, 녹이 슬어서 공격력이 낮거나, 망가진부분이 있거나——.

그런 물건을 얼마 안 되는 생산직들이 고치면 사용할 수있게 되기도 하는데.

"뭐, 가구 상점이면 가구용 못 같은 게 있으려나?"

만약 있다면 그걸 녹여서 주괴를 만드는데 보탤 수 있을것 같다고 생각하며 주위를 살펴보았지만, 남아 있지 않아서 쓴웃음을 지었다.

써먹을 수 있을 만한 것은 대량으로 남아있는 목재뿐일것이다.

[합성] 스킬로 화살을 만들거나 요리할 때 연료로 쓸 수있는 장작이다.

그렇게 바닥에 버려져 있던 소재를 모으고 있자니 문득 [

간파] 센스가 반응했다.

"이건······."

오랜 세월 동안 방치되어 먼지와 흙, 톱밥이 뒤덮는 듯이 쌓여 있던 곳을 손으로 털어보니 지하로 이어지는 네모난 문의 모서리가 보였다.

"숨겨진 문을 발견했네."

문의 절반 정도를 가리려는 듯이 쌓여 있던 목재를 치우고, 흩어져 있던 쓰레기도 치운 다음 지하로 통하는 문을 들어 올렸다.

"도둥화 나무 퀘스트할 때가 생각나네."

그때는 폐촌의 옛 촌장 집의 지하실을 탐색했었지, 그렇게 생각하며 오래된 사다리를 삐걱대며 내려갔다.

"찾아낼 거라고 생각했는지 램프가 있네."

암시 성능이 있는 [하늘의 눈]이 있어서 필요가 없긴 하지만, 일단 램프에 불을 붙이고 주위를 비추었다.

그리고 찾아낸 것은——.

"이건······ 마법사의 지팡이인가? 그리고 활도 있네. 그것도 유니크 아이템이야."

밀폐성이 뛰어난 나무상자에 유리가 한 장 덮여있고, 쿠션 안에 가라앉은 듯이 장식되어 있던 무기는 지팡이와 활이었다.

지팡이는 사자를 연상케 하는 장식이 지팡이 끝에 붙어 있는 긴 지팡이였다.

사자의 눈에는 타이거 아이 보석이 박혀 있었다.

그리고 활은 매의 날개처럼 만든 듯한 장식에 보라색과 그슬린 은빛으로 칠해진 장궁이었다.

사자투두의 의장 [무기]
ATK+10, INT+55 추가효과 [화속성 마법 상승], [INT 보너스]

매의 저격궁 [무기]
ATK+63, SPEED−15 추가효과 [ATK 보너스], [DEX 보너스], [사정거리 강화]

이 지하의 숨겨진 방에는 화려한 편지도 한 통 남아 있었다.

"[언어학] 센스를 장비해야 편지의 내용을 읽을 수 있는데, 무기나 편지의 장식을 보아하니 꽤 희귀한 거겠지."

아무리 봐도 성에 헌상품으로 바쳐진 것 같은 무기.

고성의 폐허를 생각하면 헌상품이 그대로 남아 있을 가능성도 있다.

"지팡이는 화속성 특화구나. 지팡이쪽은 저격궁. 장궁하고는 다른 건가?"

상자에서 꺼내서 들어보니 알게 되었지만 활은 꽤 무거웠다.

이렇게까지 무거우니 장궁처럼 이동하면서 쏠 수는 없지

만 높은 공격력과 원거리에서 사격이 가능할 것 같았다.

"장궁보다 다루기 까다롭긴 하지만 지금 쓰고 있는 무기보다는 낫겠지."

그렇게 말하고 지하실에서 빠져나온 다음 딱히 필요한 것도 없었기에 가구 상점 지붕으로 올라갔다.

"자, 시험 사격은 해봐야겠지."

방금 얻은 저격궁을 지붕 위에서 꺼낸 뒤 겨누었다.

표적은 큰길을 순찰하고 있던 갑주기사 한 마리.

저 녀석을 쓰러뜨리면 레벨 5 센스의 봉인이 해제되어 제6센스를 장비할 수 있다.

저격궁에 화살을 매기고 혼자 있던 갑주기사를 노린 뒤 있는 힘껏 활시위를 당겼다.

그리고——.

"윽?!"

활 자체가 무겁고 줄도 딱딱한 저격궁을 쏜 순간, 스테이터스 부족으로 인해 손가락 끄트머리에 반동 대미지를 입었다.

"아파. 스테이터스 부족 반동 대미지가 1할인가……, 그래도 위력은 좋네."

그렇게 중얼거리며 날린 화살이 순찰하던 갑주기사의 가슴을 뚫는 것을 보고 있었다.

그렇게까지 강한 MOB은 아니지만, 가슴에 뚫린 구멍에서 빛의 입자가 새어 나오는 것을 보니 쓰러뜨렸다는 것을 확신했다.

──레벨 5 토벌 퀘스트 : 망령갑주기사를 토벌.
제6센스의 봉인이 해제되었습니다.

"좋았어, 제6센스를 장비할 수 있겠네. 이제 스테이터스를 올려서 반동 페널티를 없앨 수 있어……. 아니, 이런, 다른 기사들이 온다."

다른 플레이어들이 주위를 순찰하는 갑주기사를 피하는 이유는 한 마리를 쓰러뜨리면 주위에 있던 갑주기사가 그곳으로 모여들기 때문이다.

그리고 모여든 기사가 연계해서 덤비기 때문에 은근히 쓰러뜨리기 귀찮고, 드롭 아이템도 짭짤하지 않다.

그런 이유 때문에 많은 플레이어들은 제6센스의 봉인을 해제할 때 한 번 말고는 피해다닌다.

나도 마찬가지로 재빨리 그곳에서 멀어지기 시작했다.

그런 다음에는 들어갈 수 있는 건물에 들어가 아이템과 소재를 회수하고, 모은 소재로 액세서리를 만들어 능력을 올렸다.

제6센스의 봉인도 해제되었기에 당분간은 모아둔 소재를 써서 나와 타쿠네 파티가 쓸 액세서리를 제작하는데 집중했다.

6장　마경의 시련과 최고의 자신

　내가 고성의 폐허 주위에 펼쳐져 있는 성 아랫마을로 들
어간지 며칠이 지났다.

　그동안 센스 확장 퀘스트를 클리어하기 위해 정보를 모으
고, 소재를 줍고, 아이템을 준비하고 있었다.

　그리고 뿔뿔이 흩어져 있던 타쿠네 파티와 합류할 수 있
었다.

　"타쿠, 그리고 다들. 겨우 만났네."

　고성의 폐허 앞에 있는 광장에서 합류한 일행들은 센스와
장비, 아이템이 제한되는 상황이라 평소와는 완전히 다른
모습이었다.

　타쿠는 흰색과 붉은색, 검은색이 대부분인 기사 예복 차
림이었다. 금 장식줄이 한쪽 어깨에서 앞쪽으로 늘어져 있
고, 새빨간 망토가 정말 멋져서 부러웠다.

　간츠는 머리에 동물 두개골을 본떠 만든 헬멧을 쓰고 모
피 방어구를 걸친 야만족 스타일.

　케이는 똑바로 서 있기만 해도 위압감과 존재감만으로 싸
울 생각이 없어질 것 같을 정도로 두꺼운 전신 갑주와 양동
이 헬멧을 쓰고 있었다. 표정이 보이지 않아서 조금 기분이
나쁘다.

　미니츠는 레이스로 장식된 밝은색 드레스를 걸치고 있었

다. 키가 큰 여자라서 아름다운 아가씨 같은 느낌이다.

마미 씨는 흰색 앞치마에 감색 클래식 타입 메이드복을 입고 있었다.

모두들 시리즈 장비로 불리며 통일된 느낌이 드는 약간 희귀한 장비를 장착하고 있었다.

타쿠네 파티도 서로 합류한 것을 기뻐하는 와중에 모두의 시선이 내게 쏠렸고——.

"윤…… 적어도 방어구는 찾아야지."

"뭐야. 찾지 못한 건 어쩔 수 없잖아."

나는 기분이 나쁘다는 심정을 드러내며 타쿠에게 따졌다.

모두가 추가 효과로 [세트 보너스]가 붙어 있는 시리즈 장비를 장착한 가운데 나 혼자만 초기 장비라서 나만 좀 붕 뜬 느낌이다.

어쩌다 보니 방어구와 인연이 없었던 나를 보고 타쿠는 껄끄럽다는 표정으로 뒤통수를 긁었다.

"윤은 방어구가 없어?"

"아니……, 있기는, 있는데……."

미니츠가 묻자 나는 더듬거리며 대답했다.

[조약사] 센스로 만든 포션을 재료와 물물교환해서 받은 것 중에 방어구가 있긴 한데…….

"가지고 있는 것들 중에 괜찮은 것만 장비해보니 생김새가 엉망진창이라 기분 나빠서."

"아~, 그럼 어쩔 수 없지. 촌스러운 장비는 싫잖아."

미니츠가 맞장구를 쳐주었고, 마미 씨도 고개를 여러 번 끄덕이며 공감해주는 것 같았다.

하지만 뒤에 있던 간츠는 원래 그런 거냐고 따지고 싶은 듯이 고개를 갸웃거렸고, 케이는 말없이 서 있기만 했다.

분위기를 보니 이 두 사람은 쓸 수만 있으면 된다고 생각하는 것 같은데.

"그럼 윤에게는 내가 가지고 있는 예비 방어구를 줄게. 시리즈 방어구니까 통일된 느낌은 있어."

"정말?! 그런데 받아도 돼?"

"당연하지! 지금 장비하고 있는 방어구가 내 센스하고 맞거든. 그리고 나는 윤이 입은 모습을 보고 싶어."

"알았어. 고마워."

그렇게 말하고 미니츠에게 받은 방어구를 아무런 망설임도 없이 장비했다.

"이게 미니츠의 장비구나. 멋지…… 잠깐, 이건!"

위부터 차례대로 확인하다가 아래를 내려다보고 손으로 옷자락을 눌렀다.

"여자 기사의 시리즈 장비 세트야! 어때? 귀여움과 멋진 모습이 둘 다 있잖아."

미니츠는 자신만만하게 가슴을 펴고 말했다.

여자 기사의 장비 상반신은 전반적으로 붉은색이었고, 어깨부터 옆구리까지 하얀 선이 가로지르며 흰색 십자가를 만들어내고 있었다.

아래쪽은 흰색 미니스커트인데 윗도리의 옷자락이 길어서 전체적인 모양이 플레어 스커트처럼 보여서 여자에게 맞는 귀여운 디자인이다.

그렇다—— 미니 스커트다.

윗도리의 긴 옷자락 때문에 플레어 스커트처럼 보이긴 하지만, 정면에서 보면 미니 스커트라는 것이 다 보이기 때문에 꽤 창피하다.

"그래도, 이건, 좀 창피한데. 다른 장비는 없어? 치마 말고!"

"이것보다 성능이 좋은 방어구는 없어."

미니츠가 한 말을 듣고 지금 장착하고 있는 시리즈 장비의 스테이터스를 확인했다.

론드 기사단 구호기사복 [방어구]
DEF+25, INT+35 추가효과 : [지원효과 (소)], [회복효과 (소)]
[세트 보너스], [여성 보너스]

하긴, 약간 희귀한 시리즈 방어구치고는 괜찮은 성능이다.

특히 추가효과인 [지원효과]는 내 센스와 잘 맞고, [회복효과]는 포션 같은 아이템에도 적용된다.

그리고 시리즈 장비를 전부 장착하면 발동되는 [세트 보너스]와 여성 플레이어에게 적용되는 보너스도 나쁘지 않다.

하지만——.

(나는 남자라고오오오!)

치마에 대한 갈등과 [여성 보너스]가 적용되어버린 사실에 나는 마음속으로 소리를 질렀다.

"다, 다른 거 없어? 장비."

"음~. 그럼 나나 마미하고 장비를 교환할래? 나도 윤의 드레스 차림을 보고 싶고, 메이드복도 나쁘지 않으니까."

그렇게 말하며 쓸데없이 상황이 악화될 만한 제안을 하는 미니츠.

미니츠가 호의로 준 시리즈 방어구를 내팽개치는 것은 내 양심에 걸린다.

그리고 내가 선택한 것은──.

"으, 으으…… 미니츠. 고마워, 잘 쓸게."

"응, 이해해줘서 다행이야."

결국 나는 성능이 좋은 여기사 시리즈 장비를 받아버렸다.

마음속으로 한시라도 빨리 퀘스트를 클리어해서 방어구를 오커 크리에이터로 되돌려야겠다고 맹세했다.

"그런데 이렇게 타쿠와 윤이 비슷한 시리즈 장비를 입으니 멋지네."

"그렇군. 커플룩 같은데. 일단 타쿠는 폭발해라."

미니츠와 간츠가 한 말을 듣고 나와 타쿠의 장비를 번갈아 보니 비슷하긴 했다.

"이봐, 타쿠."

"뭐야? 윤."

"그 장비하고 바꾸자. 부러운데."

솔직히 타쿠의 기사복이 더 멋지고, 기능성이나 노출이 적다는 점이 부러웠지만 타쿠는 바로 거절했다.

"안 돼. 추가 효과가 안 맞잖아. 그건 됐고, 보스전을 벌일 준비하고 회의를 해야지."

"으…… 알았어."

나는 타쿠의 말을 듣고 센스 확장 퀘스트의 보스전 회의에 참가했다.

서로 무기와 현재 사용할 수 있는 센스의 상황, 가지고 있는 아이템을 주고받았다.

나는 하이 포션과 MP 포션, 스테이터스를 올려주는 액세서리 등을 모두에게 건넸다.

"그러고 보니 마미 씨, 이 무기 쓸 수 있어?"

마법사인 마미 씨에게는 내가 [매의 저격궁]을 찾아냈을 때 같이 있던 사자 머리 긴 지팡이를 꺼내 보였다.

사자 머리 긴 지팡이를 든 마미 씨는 스테이터스를 확인했다.

"네. 지금 사용하는 장비보다 성능이 좋으니 이걸로 교체해야겠네요."

"알았어. 그럼 다 정해졌나?"

그밖에는 주고 받을 아이템도 없었고, 준비도 다 되었다.

그리고 내 지금 센스는——.

소지 SP 25

[마궁 Lv26] [하늘의 눈 Lv27] [간파 Lv38] [마도 Lv33]

[대지속성 재능 Lv15] [부가술사 Lv11] [준족 Lv31] [봉인] [봉인]

[봉인] [봉인]

대기

[활 Lv55] [장궁 Lv42] [염동 Lv9] [물리공격 상승 Lv26]

[조약사 Lv30] [연금 Lv49] [합성 Lv49] [조금 Lv43]

[조교 Lv41] [요리인 Lv20] [생산직의 소양 Lv27] [수영 Lv18]

[언어학 Lv28] [등산 Lv21] [신체내성 Lv5] [정신내성 Lv4]

[선제의 소양 Lv17] [급소의 소양 Lv15]

　겨우 보스전을 벌이기 전에 제7센스 봉인을 해제하고 퀘스트를 몇 번 달성해서 센스의 교환 횟수를 늘렸다.

　준비 단계 때는 생산 계열 센스를 장비해서 포션과 액세서리를 마련했고, 지금은 전투 계열 센스로 교체했다.

　군더더기를 전부 없앤 전투용 센스 구성이라 재미 같은 요소가 있는 센스를 장비할 여유가 없어서 조금 아쉬운 느낌이 든다.

　"그럼 가자."

　타쿠를 선두에 세우고 고성의 폐허로 들어갔다.

　내부는 비교적 단순한 구조였고, 적 MOB은 전혀 보이지 않았다.

그리고 입구에서 일직선으로 나아가 큰 방으로 들어가자 안쪽 벽에는 천장에서 늘어져 있는 사슬에 매달린 거대한 거울 하나가 있었다.

가장자리가 금으로 장식되어 있고 가로폭이 넓은 그 거울은 큰 방의 정면으로 들어온 우리의 모습을 비추었다.

거대한 거울에 비친 우리의 모습은 낯익기는 했지만 지금과는 다른 모습이었다.

모두들 센스와 장비가 봉인되기 전 모습이었던 것이다.

"이게 우리……"

"온다!"

타쿠가 외친 것과 동시에 거울에 비친 우리가 거울을 넘어 실체화되어 나타났다.

손에는 애용하던 무기를 든 채 우리를 겨누고 있었다.

센스 확장 퀘스트 [거울 속에서 온 도전장]의 보스 MOB── 도플갱어.

약체화된 상태로 최고의 자신들과 싸우는 퀘스트인 것이다.

"먼저 먹는 놈이 임자야! ──《도깨비 사냥 차기》!"

『──《도깨비 사냥 차기》!』

간츠가 선제공격을 가하기 위해 가장 가까운 곳에 있던 가짜 간츠를 공격하자 적도 똑같은 아츠를 날렸고, 발차기끼리 격돌했다.

그리고 장비의 질과 센스의 숫자에 의한 스테이터스 차이로 인해 밀려나 뒤쪽으로 날아갔다.

"간츠! 정면으로 맞붙지 마! 정공법으로 후위를 공격해! 윤!"

"알았어! 《존 인챈트》── 어택, 디펜스, 스피드!"

『《존 인챈트》── 어택, 디펜스, 스피드!』

"어?! 적도 인챈트를 쓰는 거야?"

내가 타쿠와 간츠, 케이, 그렇게 전위들에게 삼중 인챈트를 걸자 내 도플갱어는 마찬가지로 타쿠 일행의 도플갱어들의 능력을 상승시키며 전투를 벌였다.

전위들끼리 맞붙기 시작했다.

스킬을 발동시킨 뒤 대기시간 중에 나는 저격궁을 겨누고 가짜 마미 씨와 가짜 미니츠를 먼저 쓰러뜨리려 했지만, 내 도플갱어가 화살로 쳐냈다.

그리고 적 후위인 가짜 마미 씨가 마법으로 공격을 가하기 시작했고, 가짜 미니츠도 회복 스킬, 그리고 산발적인 광속성 마법으로 공격하기 시작했다.

"미니츠는 케이를 회복시켜줘! 케이는 어그로를 조금 낮춰! 먼저 당한다고! 간츠는 먼저 가짜 윤을 노려! 윤하고 마미 씨는 먼저 가짜 케이를 붙들어둬!"

타쿠의 지시에 따라 우리는 전투를 계속 벌이며 조금씩 도플갱어들에게 대미지를 입혀나갔지만──.

『──《에어로 캐논》!』

"윽?! ──《플레임 필러》."

가짜 마미 씨가 날린 공기포를 화속성 강화 효과가 있는 사자 머리 긴 지팡이로 만들어낸 불기둥으로 요격하는 마미 씨.

하지만 상대방의 마법이 더 강해서 불기둥을 뚫은 공기포가 마미 씨를 덮쳤다.

그렇게 공격이 후위까지 닿자 케이가 파고들어 방패로 막아냈다.

마미 씨를 감싼 케이는 충격을 미처 다 흘려내지 못하고 예상보다 큰 대미지를 입었다.

"케이! 대미지를 너무 많이 입었어! 뒤로 물러나서 포션으로 회복해!"

"알았…… 아차."

『안 놓친다. ──《머드 풀》, 《베어 트랩》.』

인식 저해 망토, [몽환의 주민]을 걸친 내 도플갱어가 우리 모두의 의식에서 벗어나 있었고, 거의 움직이지 않고 숨을 죽이고 있다가 중요한 타이밍에 마법을 사용했다.

내 도플갱어가 팔을 앞으로 내밀자 타쿠와 케이의 발치에 진흙탕이 생겨났고, 그 진흙탕 속에서 돌로 이루어진 덫이 두 사람을 덮쳤다.

"젠장, 움직일 수가 없어!"

진흙탕에 발이 빠진 두 사람에게 재빠른 가짜 간츠의 타격과 가짜 마미 씨의 마법이 날아들었다.

『《커스드》── 디펜스, 마인드.』

"어?! 약화까지!"

간츠는 내 도플갱어에게 달려들려 했지만 인챈트 강화가

커스드에 상쇄된 상태에서 가짜 타쿠에게 막혀 단숨에 위기에 처했다.

"포션으로 회복하면서 버텨!"

도플갱어들은 최고의 상태인 우리들이긴 했지만 단점이 몇 가지 있다.

그중 하나는 거의 모든 아이템을 사용하지 못한다는 점이다.

만약 사용할 수 있었다면 고급 포션이나 소생약 등을 계속 썼을 테고, 결코 쓰러뜨릴 수 없는 적이 되어버렸을 것이다.

우리는 가짜 마미 씨와 가짜 미니츠의 MP가 바닥나서 반격에 나설 수 있는 순간까지 계속 버티려고 포션을 사용했지만——.

『——《존 봄》.』

""꺄악?!""

MP 포션을 꺼내서 회복하려던 미니츠와 마미 씨의 손 근처에서 《봄》이 폭발했다.

내 도플갱어가 [하늘의 눈]의 타겟팅 능력과 《봄》 마법을 조합하여 사용한 공간폭파로 꺼낸 포션을 노리고 회복을 방해한 것이다.

내 도플갱어는 활로 공격하던 것을 멈추고 그 대신 커스드로 약화시키거나 스킬을 방해하는데 중점을 두며 공격해 왔다.

그 때문에 생각했던 대로 전투를 벌일 수가 없어졌고, 가짜 마미 씨와 가짜 미니츠의 MP가 바닥나 상대방의 공세가 약해지기 전에 전위의 방패인 케이가 버티지 못하고 쓰러졌다.

그 뒤로는 한 명씩 차례대로 각개격파당했고, 마지막에는 내가 남았다.

"적어도 일격만이라도! ——《궁기 · 단발꿰기》!"

이판사판으로 강력한 일격을 내 도플갱어에게 날렸다.

하지만 저격궁의 강력한 일격이 내 도플갱어의 몸에 닿은 것과 동시에 사라졌고, 손가락 끄트머리에서 희미한 빛의 입자가 움직이는 것이 보였다.

"——[대신하는 보옥의 반지]. 그것까지 재현했구나."

그리고 달려든 가짜 타쿠가 장검을 휘둘러서 내 가슴을 꿰뚫었고, HP가 0이 되어 쓰러졌다.

소생약도 없고, 파티 모두가 쓰러졌기 때문에 보스 토벌은 실패로 끝났다.

우리는 고성 폐허 앞에 있는 광장 세이프티 에리어에서 부활했다.

이렇게 첫 번째 도플갱어와의 전투는 실패로 끝났다.

패배한 원인을 생각해보자. 우선 사전정보에 나와 있던 보스인 도플갱어는 최고의 상태인 플레이어 자신이라는 것을 알고 있었다.

하지만 알고 있긴 했지만 대책을 충분히 강구하지 않기 때문에 졌을 것이다.

●

"자, 지긴 했는데 다음에는 어떻게 이기지?"

그렇게 말한 사람은 미니츠였다.

타쿠는 신기하게도 굳은 표정으로 입을 다물고 있었다.

마찬가지로 케이도 입을 다물고 있었지만, 양동이 헬멧을 쓰고 있었기에 표정은 보이지 않았다.

그런 와중에 져서 침울해진 분위기를 떨쳐내려는 듯이 미니츠가 밝은 목소리로 말하자 나도 마찬가지로 여러 가지 대책을 내놓았다.

"이번에는 사전준비를 더 하고 싸워볼까? 보스전을 벌이기 전에 강화 환약이나 스테이터스 상승 계열 요리를 먹고 도전한다든가. 소재만 있으면 내가 만들게."

"그리고 아직 해방되지 않은 센스도 있어요. 그걸 해방시키면 스테이터스 차이도 줄어들겠죠. 다음에는 분명 이길 수 있을 거예요."

미니츠와 내 뒤를 이어 마미 씨도 밝은 목소리로 분위기를 띄우려 했다.

"아, 그럼 나는 윤의 카라아게를 먹고 싶어! 저번에 해준 코카트리스 카라아게가 맛있었는데."

그렇게 간츠가 분위기를 파악하지 못하고 갑작스럽게 요리를 해달라고 하자 모두가 쓴웃음을 지었다.

최고의 상태인 자기 자신에게 지고 난 뒤 이길 수 없는 것 아닌가 하는 분위기를 떨쳐내기 시작하고 있던 와중에 계속 입을 다물고 있던 타쿠가 말을 꺼냈다.

"저기, 잠깐 괜찮을까?"

"뭔데?"

"케이하고 윤은 혼자서 도전해볼래?"

그 말을 들은 나는 무슨 말인지 이해할 수가 없었다.

나와 케이에게 파티에서 빠지라는 말을 빙 둘러서 한 것 같았다.

"자, 잠깐만 기다려. 그게 무슨——"알았다"——케이?!"

타쿠가 한 말을 듣고 조용히 있던 케이가 일어섰다.

양동이 헬멧을 쓰고 있어서 표정이 보이지 않았기에 화가 난 건지 슬퍼하는 건지 알 수가 없다.

"그럼 먼저 혼자 공략하고 오지."

"…………."

그렇게 말한 다음 데스 페널티 효과가 끝난 케이가 파티에서 빠진 뒤 혼자서 도플갱어가 변신한 최고의 자신에게 도전하러 갔다.

그 뒷모습을 걱정스러운 듯이 바라보는 마미 씨.

그리고 미니츠와 간츠는 타쿠를 다그치고 있었다.

"타쿠, 왜 혼자서 도전해보라고 한 거야?"

"그래, 케이는 도플갱어 케이와 비교하면 훨씬 더 많이 맞았잖아."

"그래, 그 말을 듣고 보니 대미지를 꽤 많이 입었지."

조용히 타쿠의 시점에서 본 패배한 전투 평가에 귀를 기울였다.

"케이의 플레이어 스킬을 따지면 도플갱어보다 압도적으로 기량이 뛰어날 거야. 하지만 후위를 감싸는데 비중을 두고 움직여서 상대방보다 더 많이 맞은 거지."

그중에는 마미 씨가 마법으로 상쇄할 수 있는 공격이나 맞아도 치명상이 아닌 공격까지 전부 다 감싸느라 상대방보다 많은 대미지를 입었다.

"도플갱어와의 전투는 상대방보다 더 적합한 행동을 할 수 있는지가 중요해. 그리고 그때 적합한 행동을 하지 못했던 사람이 윤하고 케이야."

그 말을 듣고 그런 거구나 하면서 조금 납득했다.

케이는 지켜야 할 후위인 마미 씨와 미니츠, 나를 너무 의식한 나머지 충분히 움직이지 못했다.

혼자라면 그런 것들을 신경 쓰지 않고 싸울 수 있다.

냉정하고 견실하게, 무시무시할 정도로 정확도가 높은 흘리기 기술을 지닌 케이라면 장비나 센스가 뒤처지는 상태에서 맞서더라도 최고의 상태인 자신과 싸울 수 있을 것이다.

그리고——.

"끝났다. 문제없이 이겼다."

들어갈 때는 양동이 헬멧을 쓰고 있던 케이는 센스나 아이템의 제한이 해제되어서 평소 모습으로 우리 앞에 나타났다.

보아하니 무사히 도플갱어가 변신한 자기 자신을 이긴 모양이었다.

"어서 오세요. 그리고 축하해요."

그렇게 말하면서 케이를 맞이하는 마미 씨.

"윤은 어떻게 할래?"

"어, 어떻게 할 거냐니……."

타쿠가 한 말을 듣고 나는 의도적으로 피하고 있던 생각이 눈앞에 닥친 것 같은 기분이 들었다.

"우리가 먼저 도전할까? 아니면 윤이 먼저 도전할래?"

아, 역시, 내가 파티에서 빠지는 건 이미 정해진 거구나.

그 말을 들으니 걸리적거린다는 말을 빙 둘러서 한 것 같은 기분이 들었다.

"나, 나는 나중에 해도 돼."

"그래? 그럼 다녀올게."

"자, 잠깐만, 타쿠!"

타쿠의 무신경한 발언을 듣고 미니츠가 따지려 했지만, 나는 조용히 고개를 저었다.

그리고 간츠와 마미 씨가 신경이 쓰인다는 듯이 바라보자 쓴웃음을 지으면서 네 사람을 보냈다.

"…………."

"…………."

나와 케이는 남아서 미묘한 침묵이 흐르는 가운데 타쿠 일행의 결과를 기다렸다.

하지만 내 마음속에는 타쿠 일행이 무사히 이겼으면 하는 마음과는 별개로 내가 빠진 상황에서 이기면 내가 걸리적거린다는 사실이 증명되어 버릴 것 같다는 생각이 있었다.

둘 다 10분 정도 말이 없는 시간이 흘렀고, 슬슬 견디기 힘들어졌을 무렵에 나와 마찬가지로 타쿠가 혼자서 도전하라는 말을 했던 케이가 말을 걸었다.

"타쿠가 나와 너에게 혼자서 도전해보라고 했던 건 적성 때문이야."

"적성?"

"나는 타쿠가 지적한 대로 파티의 탱커로서 적합한 행동을 하지 못했어. 그래서 첫 번째 도전이 실패로 끝난 거야."

"그럴 리가 있나? 케이는 후위가 공격을 맞지 않게끔 열심히 싸웠잖아."

그렇게 말하며 위로했지만, 나와 케이가 단둘이 있었기에 케이가 솔직하게 털어놓았다.

"솔직히 타쿠가 지적했던 대로 감쌀 필요가 없는 공격까지 감쌌지. 아니, 후위인 마미가 절대로 공격당하지 않게끔 한다며 오기를 부리다 보니 쓰러져서는 안 되는 내가 제일 먼저 쓰러진 거고."

"어? 그건……."

"뭐, 그런 거야…… 먼저 반한 사람이 지는 거라고. 그러니까 타쿠가 혼자서 하라고 한 거지."

고지식한 사람인 줄 알았던 케이가 뜻밖의 고백을 하자 깜짝 놀랐다.

역시 필사적으로 마미 씨와 합류하려고 했던 건 케이가 마미 씨를 좋아하기 때문이었구나!

　생각해보니 케이가 했던 행동 중에서 그런 면이 있었던 것 같다.

　마미 씨는…… 예전에 했던 행동을 생각해보면 싫어하지는 않는 것 같다.

　오히려 케이에게 호의가 있는 거 아닌가 하는 생각이 든다.

　"저기…… 깜짝 놀랐네. 그럼 마미 씨하고 사귀는 거야?"

　"아니, 길드나 파티에서 연애를 하면 무너지는 경우가 많으니까. 그런 말은 할 수 없지."

　설마 하던 짝사랑?! 갑작스러운 고백을 들으니 걸리적거린다든가 그런 건 점점 신경이 쓰이지 않게 되었다.

　"그건 제쳐두고, 나는 내 정신적인 미숙함 때문에 도플갱어에게 졌다. 하지만 윤은 나와 다른 경우지."

　"그렇지…… 완전히 걸리적거리는 사람은 쳐내는 게 나을 테니까."

　내가 자조하는 듯이 중얼거리자 케이는 골치가 아프다는 듯이 얼굴을 찡그리고 있었다.

　"역시 오해하고 있었구나."

　"오해?"

　"윤의 성질은 서포터잖아."

　"뭐, 그렇지."

　그 말을 듣고 내 캐릭터의 초기 컨셉── 서포트에 전념

한다는 것이 생각났다.

"서포터는 지원할 상대가 있어야 비로소 가치가 높아지지."

그건 당연하잖아, 그렇게 생각하며 케이가 한 말이 무슨 뜻인지 생각했다.

하지만 그 말이 무슨 뜻인지 알아내기 전에 내 차례가 된 모양이었다.

"윤, 케이, 오래 기다렸지. 무사히 이길 수 있었어!"

그 말을 들으니 타쿠 일행도 도플갱어를 쓰러뜨리고 센스 확장 퀘스트를 무사히 클리어한 모양이었다.

하지만 클리어하고 나서 신이 난 타쿠와는 반대로 조금 화가 난 것 같은 미니츠와 안절부절 못하고 있는 간츠.

그리고 이번에는 좀 전과는 반대로 마미 씨를 맞이하는 케이.

"그래, 다음은 내 차례구나."

그렇게 간단히 대답하고 케이가 한 말이 무슨 뜻인지 알아내지 못한 채 혼자서 도플갱어가 변신한 자신에게 도전하러 나섰다.

"잠깐, 윤!"

뒤에서 급하게 부르는 목소리가 들렸지만 무시하고 퀘스트 보스에게 도전했다.

그리고 마경에 비친 최고의 상태인 내가 빠져나오자 맞섰다.

『여어, 꽤나 귀여운 차림이잖아. 여자처럼 차려 입는 건 싫다고 한 주제에.』

"윽! 말을 할 수도 있는 거야? 왠지 내 얼굴하고 목소리로 말하는 걸 보니 기분이 이상하네."

파티로 도전했을 때는 말 없이 전투를 시작했지만, 혼자서 도전할 때는 도플갱어가 변신한 자신이 말을 거는 모양이었다.

『그런 상태로 최고의 자신에게 도전하는 건가? 지러 온 거야?』

코웃음치며 검은 소녀의 장궁에 화살을 매기는 도플갱어를 보고 나도 저격궁을 겨누었다.

"솔직히 이길 수 있는 방법이 전혀 생각나지 않아."

『이길 수 있을 리가 없잖아? 최고의 장비로 최선의 행동을 하는 자기 자신인데.』

"최선이라는 건 거짓말이지. 그럼 아무도 절대로 너를 이길 수 없을 테니까."

도플갱어의 행동 패턴은 일정 수준 이상의 행동 루틴이나 플레이어가 취할 만한 행동을 허가된 범위 안에서 복제해서 재현시킨 것으로 추측된다.

그에 맞서 플레이어에게 필요한 것은 열세를 뒤집을 만큼 뛰어난 플레이어 스킬로 행동하거나 도플갱어가 변신한 자신의 행동을 예상해서 대책을 세우는 것.

PVP의 정석처럼 상대방이 싫어할 만한 행동을 하면서 얼마나 자신의 실수를 줄이는가.

그런 것들이 이 보스전의 중요한 요소가 될 것이다.

『그럼 시험해보라고! ──《궁기 · 단발꿰기》!』

꽤 호전적인 도플갱어를 보고 불쾌하다고 느끼면서 전투를 시작했다. ──하지만 시작하자마자 밀리고 있었다.

원거리에서 화살로 응수하거나 인챈트로 강화된 스테이터스를 구사한 움직임, 공격 마법 같은 여러 가지 방법으로 공격하려 했지만 도플갱어가 변신한 나는 스테이터스 차이가 크고 공격수단도 많아서 점점 밀리기 시작했다.

『왜 그래! 내 말이 거짓말이라고 부정했으니 증명해보라고! ──《봄》!』

도플갱어가 폭발을 일으켜 시야가 가려졌고, [몽환의 주민]의 인식 저해로 인해 내 [간파] 센스를 뚫고 접근당했다.

눈치를 챘을 때는 눈앞에서 해체 식칼을 휘두르고 있었기에 구르는 듯이 그 공격을 피했다.

"잠깐, 나도 아직 거의 쓰지도 않았는데! 네가 나보다 인식 저해 망토를 잘 다루다니! 치사하잖아!"

『닥쳐! 쓸 수 있는 건 뭐든지 쓴다! 그게 나야!』

"뭐, 그건 부정하지 않겠지만."

클로드가 손봐준 [몽환의 주민] 망토를 걸친 도플갱어의 공격을 피하며 초점이 어긋난 말다툼을 벌였다.

하지만 도플갱어가 변신한 나는 공격을 늦추지 않았기에 그 공격으로부터 계속 도망쳤다.

어떻게 해야 할지 생각하는 한편, 케이가 한 말이 조금씩 이해가 되기 시작했다.

"아, 뭐야. 그런 거였구나."

눈치채고 나니 웃음이 나왔다.

『왜 웃는 거야! 궁지에 몰렸다는 걸 모르나?』

"케이가 말했지. 내 성질은 서포터라고. 그런 뜻이었구나."

왜 타쿠가 내게 파티에서 빠져서 혼자 도전하라고 했는지.

파티에 내가 있으면 도플갱어가 변신한 나 한 명 때문에 보스들이 너무 강해진다.

지금 내가 약하다는 이유 때문이 아니다.

원래 내가 가지고 있는 장점 때문에 빠지라고 한 것이다.

그것은 내가 파티에서 맡은 역할이 중요하다는 것을 빙 둘러서 말한 거나 마찬가지다.

그저 걸리적거린다고 쳐낸 것이 아니었다.

그렇게 생각하고 안심이 되자 눈앞에 서 있는 도플갱어가 대충 이해되었다.

"파티를 짜고 있을 때와 비교하니 혼자 있을 때 나는 최고 라고 한 것치고는 별것 아니네."

『혼자서 납득하고 혼자서 나를 깔보지 마! 그리고 나를 깔 보는 건 자기 자신을 깔보는 거라고!』

화가 난 도플갱어가 나를 따라잡아 해체 식칼을 내리쳤다.

내 어깨에 파고든 해체 식칼은 한순간 멈췄다가 세차게 가로지르며 HP를 없앴다.

『하, 정말 입만 살았군.』

내 말투를 따라하면서 쓰러진 내게 그런 말을 내뱉는 도플갱어.

오늘 두 번째 패배다.

그리고 고성의 폐허 앞에서 데스 페널티를 받은 내가 부활했다.

그 직후——.

"윤! 미안해! 말을 잘못했어! 윤이 걸리적거리니까 혼자서 하라는 뜻이 아니었는데!"

입을 열자마자 고개를 숙이며 사과하는 타쿠를 보고 깜짝 놀랐다.

뭐가 어떻게 된 거냐며 도와달라는 듯이 주위를 둘러보자 타쿠 뒤에 미니츠가 우뚝 버티고 서 있었다.

미니츠를 보고 간츠는 몸을 떨고 있었고, 케이와 마미 씨는 질린다는 표정을 짓고 있었다.

"아무리 소꿉친구라 해도 이유를 제대로 설명하지 않으면 모르잖아! 알기나 해?!"

"너희가 도플갱어를 공략하는 동안 윤은 꽤 풀 죽어 있었지."

미니츠에게도 혼났고, 케이도 원호사격에 나섰다.

하긴, 케이와 이야기를 나누지 않았다면 걸리적거린다고 생각하면서 계속 고민했을 것이다.

하지만 말재주가 없는 타쿠의 진심을 알았기에 고민할 필요는 없었다.

그래도──.

"《인챈트》── 어택!"

나 자신에게 공격 인챈트를 걸고 고개를 숙인 타쿠에게 손을 내밀었다.

그리고 손가락 끝에 힘을 주고 마침 딱 좋은 위치에 있던 타쿠의 이마에 딱밤을 먹였다.

"이얏!"

"아야?!"

"오, 의외로 멋진 소리가 나네."

따악, 그렇게 약간 멋진 소리가 울렸고, 타쿠가 숙이고 있던 고개를 뒤로 젖히자 시선이 마주쳤다.

"정말, 이게 벌이야. 이번에는 이걸로 용서해주겠지만 다음부터는 상대방의 마음 같은 걸 생각해서 이유도 제대로 설명하라고."

나니까 뭐, 용서해주는 거지만, 그렇게 작은 목소리로 중얼거렸다.

타쿠 뒤에서 미니츠와 간츠가 싱글거리면서 이쪽을 보고 있었기에 살짝 째려보았다.

타쿠는 약간 센 딱밤 한 방으로 용서받고 입을 반쯤 벌린 채 이마에 손을 대고 있었다.

"진짜, 윤은 너무 착해! 그리고 어설퍼! 대신 내가 당분간 이 사건으로 타쿠를 놀려줄게."

"오, 그거 재미있겠네! 소꿉친구인 윤을 슬프게 만들었다고 소문내고 다니자!"

미니츠와 간츠는 내가 슬퍼하거나 화가 나지 않았다는 것을 눈치채고 분위기가 풀어진 채 타쿠를 놀리기 시작했다.

"이, 이봐. 미니츠, 간츠, 그러지 마! 진짜로 큰일 나! 특히 뮤우하고 세이 씨에게 들키면 큰일 난다고! 다른 사람들에게 들켜도 큰일인데."

타쿠가 진짜로 초조해하자 나는 쓴웃음을 지었지만 옆에서 보고 있던 케이와 마미 씨는 하긴 그렇겠다며 고개를 끄덕이고 있었다.

"딱밤 한 방으로 납득이 안 되면 내가 부탁하는 소재를 모아줄래?"

"그, 그래. 내게 맡겨."

살짝 미소를 짓는 나를 보고 타쿠는 약간 질색하며 고개를 끄덕였다.

그리고 내가 부탁한 소재를 듣고 의아한 표정을 지었지만 어디에 쓸지 설명하자 타쿠는 바로 납득했다.

그리고 타쿠뿐만이 아니라 이미 센스 확장 퀘스트를 클리어한 간츠와 미니츠 일행도 내가 클리어할 수 있게끔 협력해주었다.

●

먼저 제12센스를 획득한 타쿠와 간츠, 케이 일행은 몸을 풀 겸 많은 MOB의 소재를 모아주었다.

그와 동시에 미니츠와 마미 씨는 나와 파티를 짜고 장비 센스를 교체할 수 있는 횟수를 늘리기 위해 퀘스트를 하는 것을 도와주었다.

그리고 나흘 동안 준비를 하며 도플갱어가 변신한 자신에 게 다시 도전한다.

"윤, 열심히 해."

"그래, 이번에는 질 생각이 없어."

나는 그렇게 말하고 고성의 폐허 안으로 나아갔다.

넓은 방으로 들어가자 거대한 마경 안에서 모습을 드러낸 도플갱어.

『질리지도 않고 또 왔나.』

그렇게 말하며 나와 똑같은 자세를 취하는 도플갱어에게 대답했다.

"이번에는 이길 거야."

『못 이길걸. 나는 최고의 윤. 네 가장 강한 모습이다! 최강 의 궁수이자 암살자. 그리고 파티에서는 강력한 서포터다!』

거만하게 말하는 도플갱어를 보니 역시 불쾌하기만 했다.

최고의 상태인 나 따위는 최강이라는 단어와 전혀 어울리 지 않는다는 것을 나 자신이 알고 있다.

"내가 최강일 리가 없잖아. 나보다 강한 플레이어가 잔뜩 있을 텐데."

『하지만 약한 너는 나를 이길 수 없지.』

그렇게 도발하며 말하는 도플갱어를 보고 한숨을 쉬었다.

"하긴, 이대로 싸우다간 몇 번을 싸우더라도 나는 이길 수 없겠지."

『그렇다면 왜 도전하는 거지? 진다는 걸 뻔히 알면서.』

"하지만…… 단 한 번만 이겨도 된다면 그 한 번은 절대로 지지 않을 자신이 있거든."

무의미한 말싸움을 끝내기 위해 그렇게 딱 잘라 말하고 인벤토리에서 며칠간 준비했던 아이템을 꺼냈다.

그것은 합성 MOB을 불러내는 핵석이었고, 그것을 주위에 던지며 불러냈다.

"와라! ──《소환》!"

불러낸 것은 다종다양한 합성 MOB이었다.

일정한 형태가 없는 휴지 슬라임과 각 속성의 짐승들, 인형과 비슷하게 생긴 돌 계열, 식물 계열, 머리 위로 날아가는 새와 벌레형 MOB들이 도플갱어의 주위를 둘러싸기 시작했다.

『뭐, 뭐야! 이 녀석들은?!』

"진짜, 마을 폐허를 찾아보니 [연금]이나 [합성] 설비가 있어서 다행이었지. 타쿠네 파티에게 소재를 모아달라고 해서 이만큼 마련할 수 있었거든."

『너, 궁수로서 자존심도 없나! 이런 방법에 의존하다니!』

그렇게 말하며 나를 매도하는 도플갱어.

하긴, 쓰레기 센스라는 말을 계속 들으면서도 활 계열 센스를 계속 사용했다.

내게도 자그마한 오기나 자존심 정도는 있다.

하지만——.

"내 본직은 궁수나 암살자가 아니야. ——생산직이라고. 착각하지 마, 도플갱어."

내 본직은 생산직이고 서포터다.

아이템을 마련하지 못하고 쓰지도 못하는 도플갱어는 생산직이 될 수 없다.

혼자 나와 맞선다면 서포터로서의 역할도 제대로 할 수 없다.

"생산직을 얕보지 마, ——가라!"

그렇게 명령을 내리자 합성 MOB 집단이 도플갱어를 박살 내기 위해 덤벼들었다.

『뭐야! 이 졸개들은! 젠장, 걸리적거린다! 《인챈트》—— 어택, 디펜스, 스피드!』

장궁으로는 싸우기 까다로웠는지 바로 해체 식칼로 장비를 교체했다.

그리고 자신에게 삼중 인챈트를 걸고 해체 식칼을 휘두르기 시작했다.

하지만 물량 공세를 가하는 합성 MOB은 조금씩 숫자가 줄어드는 상황에서도 도플갱어에게 약간이나마 대미지를 입혔다.

그리고 쓰러진 합성 MOB이 빛의 입자가 되어 사라지자 그곳에 뚫린 구멍을 다른 합성 MOB이 파고들어 메꾸었다.

아무리 강력한 공격이라 해도 무효화시키는 [대신하는 보옥 반지]를 장비하고 있긴 하지만, 전투가 시작된 직후에 합성 MOB들이 달려들어 무효화 횟수를 다 쓴 탓에 침묵하고 있다.

그리고——.

"《존 인챈트》—— 어택, 디펜스."

후방에서 대기하고 있던 나는 보이는 범위 안에 있는 합성 MOB에게 인챈트를 걸어 능력을 강화시켰다.

『이런, 이런 꼴사나운 전투를 원한 게 아니다! 싸워라! 정면으로 맞서 싸워! 최강의 자신을 혼자 힘으로 뛰어넘어!』

"도플갱어의 진짜 성격이 나온 모양인데."

내가 지적하자 도플갱어는 분하다는 듯이 입가를 일그러뜨렸다.

『인정 못 해! 나는 인정 못 한다! 직접 싸워!』

"정말, 누가 싸우겠냐고. 바보 같기는."

애초에 도플갱어가 변한 나는 최강이다, 최고라고 하지만 어차피 플레이어 스테이터스의 범위 이내에 불과하다.

스테이터스 수치만 놓고 보면 플레이어보다 강한 MOB은 잔뜩 있다.

플레이어로 따진다 해도 비슷한 센스를 장비하면 공격수단이나 싸우는 방식도 비슷해진다.

도플갱어는 그저 나보다 좋은 장비를 장착하고 있고, 센

스와 스테이터스가 뛰어난 CPU가 조작하는 플레이어라고
할 수 있다.

『어째서냐! 어째서 너 자신은 싸우지 않는 거야! 나잖아!
활을 써라! 식칼을 써라! 마법을 써라!』

"아~, 미안. 지금은 못 쓰거든."

나는 전혀 껄끄러운 모습을 보이지 않으면서 내가 장비
중인 센스를 확인했다.

소지 SP 25
[하늘의 눈 Lv27] [간파 Lv38] [마도 Lv33] [부가술사 Lv11]
[연금 Lv50] [합성 Lv50] [준족 Lv31] [봉인] [봉인] [봉인]
[봉인]

대기
[활 Lv55] [장궁 Lv42] [마궁 Lv26] [대지속성 재능 Lv15]
[염동 Lv9] [물리공격 상승 Lv26] [조약사 Lv30] [조금 Lv43]
[조교 Lv41] [요리인 Lv20] [생산직의 소양 Lv27] [수영 Lv18]
[언어학 Lv28] [등산 Lv21] [신체내성 Lv5] [정신내성 Lv4]
[선제의 소양 Lv17] [급소의 소양 Lv15]

"지금 나는 활 계열 센스나 공격 마법 센스, [요리인] 센

스를 장비하지 않았어. 그냥 누가 싸워도 결과가 똑같이 나오게끔 싸우고 있을 뿐이야."

내가 생각해도 참 지독하게 싸우는 것 같다.

단독으로 나타나는 도플갱어에게 1회용 합성 MOB을 써서 물량으로 밀어붙이고 있다.

화살을 날려도 합성 MOB이 가로막으면서 죽음을 두려워하지 않고 몸을 날려 지켜준다.

『강한 자신을 이런 식으로! 이런 식으로 다루는 거냐! 너는! 나는!』

"나는 약한 자신을 싫증 날 정도로 잘 알고 있어. 어디를 어떤 식으로 공격하면 꿈쩍도 못 하게 되는지도."

그렇게 말하자 압박하는 듯이 거리와 밀도를 한층 더 좁히고 높이는 합성 MOB의 포위.

도플갱어가 변신한 나는 [인식 저해] 방어구를 사용해서 기습이나 급소를 노리는 식으로 싸우려 했지만 그것은 자유롭게 돌아다닐 수 있을 때나 가능하다.

물리적으로 움직일 수 있는 범위가 없다면 [인식 저해]도 쓸모가 없다.

『이런 건 시련도 아니야! ──《궁기 · 질풍일진》!』

화가 난 도플갱어는 접근하는 합성 MOB과 맞서던 것을 멈추고 장궁에 화살을 매긴 뒤 날렸다.

날아간 화살을 중심으로 풍압이 퍼졌고, 앞쪽에 있던 합성 MOB들이 빛의 입자로 변해 사라졌다.

포위망에 구멍이 뚫리고 수많은 합성 MOB을 관통해서 뒤쪽에 서 있던 내 어깨에 꽂혀서 약간 비틀댔다.

도플갱어가 변신한 나는 씨익 웃었지만, 나는 비틀거리던 몸을 추스르고 도플갱어를 바라보았다.

"그런 공격으로 나를 쓰러뜨릴 수 없다는 건 알지?"

『젠장!』

대미지를 입긴 했다. 하지만 합성 MOB들 때문에 약해졌기에 아츠의 일격으로도 HP의 2할을 깎아내지 못했다.

모처럼 아츠로 돌파구를 열었지만 아츠의 경직 시간으로 인해 움직일 수가 없다.

그 얼마 되지 않는 시간에 다른 합성 MOB들이 포위망의 구멍을 메꿨고, 나는 느긋하게 포션으로 대미지를 회복시켰다.

"이제 원래대로 돌아왔네."

『시끄러워! 그렇다면 모든 합성 MOB을 쓰러뜨린 다음 너를 공격하면 되겠지! 지금 너는 공격수단이 없으니까!』

도플갱어는 그렇게 말하며 다시 해체 식칼을 뽑아 들고 합성 MOB을 공격했다.

도플갱어가 변신한 내 약점 중 하나는 결정타가 부족하다는 것인데, 역시 스펙은 나와 같은 것 같다.

저렇게 포위당한 상태로 간단히 궁지에 몰렸지만 끈질기게 살아남으려 하고 있다.

하지만 그것도——.

"추가다! 핵석 여유분은 아직 잔뜩 있다고! ——《소환》!"

소재는 타쿠 일행이 분담해서 마련해주었기에 합성 MOB을 소환할 핵석은 많이 있다.

만약 지금 소환한 합성 MOB이 전부 쓰러진다 해도 그 다섯 배 정도의 핵석을 마련해 왔다.

『이런 건…….』

도플갱어는 주위를 둘러싸고 있던 합성 MOB들이 줄어들자 희망을 품었을 것이다.

하지만 줄어든 합성 MOB이 또 추가되면 언젠가는 지게 된다.

그리고 나는——.

"하는 김에 말이야! 이 녀석도 구경해라! ——《소환》!"

그렇게 말하며 합성 MOB의 포위망 뒤쪽에 위압할 목적으로 불러낸 것은 아이언 골렘 세 마리였다.

이것은 합성 MOB이 아니라 연금 MOB이다.

[연금] 센스를 사용해서 희귀 소재 10개를 [상위 변환]하여 만든 골렘 비석으로 불러낸 소환 MOB이다.

골렘의 비석과 철 주괴를 사용해 불러낸 연금 MOB은 성장하는 MOB이다.

핵인 비석에 전투 경험이 축적되면 움직임이 부드러워지고 불러낼 때 사용하는 소재의 질이 좋을수록 강력한 MOB이 된다.

본직인 에밀리 양처럼 잘 키우지는 못해서 이제 막 만들

어낸 연금 MOB이긴 하지만 위압하려는 목적은 충분히 달성했다.

『할, 할 수 없어. 저런 녀석까지 상대를…….』

아이언 골렘 세 마리를 올려다보고 멍해진 도플갱어는 합성 MOB에게 두들겨 맞으며 HP가 계속 줄어들었다.

"이런 상태에서 나를 쓰러뜨리지는 못하겠지."

[하늘의 눈]과 봄 마법을 조합시킨 좌표 폭파와 복수 동시 폭파도 나름대로 집중과 시간이 필요하다.

평소의 나라면 도망치고 도망치고 도망친 끝에 생겨난 약간의 타이밍에 날리겠지만, 도플갱어는 도망친다는 선택지가 없기에 가장 적합한 전투 행동만 취했다.

그래서 그 틈에 합성 MOB이 공격을 가해 전투 행동을 중단시켰다.

만에 하나 발동되어서 내가 맞는다 해도 치명상이 되지는 않기 때문에 포션으로 회복하면 된다.

『아, 이제 틀렸어……. 지독한 승부다. 싸우기 전부터 결과가 정해져 있다니. 인정하지, 내가 졌다. 최악의 방식이야.』

그렇게 말하면서 마지막으로 비꼬는 말을 남기고 도플갱어가 변신한 나는 쓰러진 뒤 빛의 입자가 되어 사라졌다.

의외로 싱거운 최후를 맞이한 것 같기도 하다.

종장   제12센스와 자그마한 정원

알림

· NEW : 센스 확장 퀘스트 [거울 속에서 온 도전장]을 클리어하였습니다.

· NEW : 센스, 장비, 아이템의 제한이 해제되며 보수인 심볼 5종류가 심볼 홀더에 추가되었습니다.

· NEW : 제12센스가 해방되었습니다.

· NEW : 제12센스 장비칸의 취득 보너스로 SP 소비 없이 센스 하나를 취득할 수 있게 되었습니다.

도플갱어를 쓰러뜨린 것과 동시에 메뉴에 알림이 몇 가지 떴다.

예전에 받았던 센스 해방 퀘스트와 같은 보수를 보고 나는 고개를 끄덕인 다음 바로 여기사 시리즈 장비에서 평소에 입던 오커 크리에이터로 갈아입었다.

그리고 얻은 [폐허], [성], [마을], [봉인], [그림자], 이렇게 다섯 종류의 심볼. 이것을 조합하면 더 많은 [스타 게이트] 에리어를 만들어낼 수 있을 것이다.

하지만 그 전에──.

『규우~.』

"으앗?! 자쿠로!"

아이템 제한이 해제되었기에 바로 소환석에서 멋대로 튀어나와 내게 달려드는 자쿠로.

뒤늦게 뤼이도 멋대로 튀어나왔다.

뤼이는 한 발짝 물러난 곳에서 도플갱어를 쓰러뜨리고 멍하니 서 있던 합성 MOB과 아이언 골렘 세 마리 군단을 보고 무슨 짓을 했냐는 듯이 나를 의심스러운 눈초리로 바라보았다.

"아하하하……"

내가 쓴웃음을 짓자 어쩔 수 없다는 듯이 한숨을 쉬고는 다가왔다.

"그건 그렇고, 너무 심했나?"

쓰러뜨려야 할 적이 사라지자 다음 지시를 기다리고 있던 합성 MOB들에게 《송환》 명령을 내려 핵석으로 되돌렸다.

"아~, 회수해야지."

정리하는 게 도플갱어를 상대하는 것보다 더 귀찮다. 그렇게 생각하며 뤼이와 자쿠로의 도움을 받으며 핵석을 모았다.

그리고 모든 핵석을 정리한 나는 고성의 폐허를 나섰고, 입구에서 내가 클리어하는 것을 타쿠가 안절부절못하면서 기다리고 있었다.

"윤, 센스 확장 퀘스트 클리어 축하해. 그런데 계속 안 나와서 걱정했다고."

"아니, 미안. 정리하느라 시간이 좀 걸렸어."

그렇게 말한 타쿠에게 나는 가볍게 사과했다.

실제로 혼자 도전한 케이와 파티 네 명으로 도전한 타쿠 일행보다 두 배 이상 시간이 걸렸다.

"윤, 축하해! 센스 12개를 장비할 수 있으니 톱 플레이어 라고 해도 과언이 아닐 것 같은데?"

타쿠에 이어 미니츠가 그렇게 말하며 맞이해주었다.

그 뒤를 이어 간츠와 케이, 마미 씨도 내 퀘스트 클리어를 축하해주었다.

그리고 미리 싸우는 방식을 설명하긴 했지만 그래도 도플 갱어와 싸운 방식, 합성 MOB들로 밀어붙였다는 이야기를 듣고 어이가 없는 모양이었다.

"자, 나는 돌아갈게. 이제 센스 확장 퀘스트를 클리어했 으니 여기에는 볼 일이 없으니까."

"윤, 잠깐만."

그렇게 말하고 전이 오브젝트인 받침대를 통해 [스타 게 이트]로 돌아가려 하자 타쿠가 불러 세웠다.

"퀘스트는 끝났지만 아직 복수전이 남았잖아? 도플갱어 에게 파티로 덤벼서 졌다고! 이번에는 센스가 12개로 늘어 났고 장비 제한도 없어. 온 힘을 다해 도전할 수 있다고!"

그렇게 말하며 다시 도플갱어가 나오는 고성의 폐허 쪽을 손가락으로 가리키는 타쿠.

"어~, 싫은데. 이제 할 일은 끝났잖아?"

하긴, 퀘스트를 클리어한 뒤에도 이 센스 확장 퀘스트 용으 로 마련된 에리어에서 즐길 수 있는 요소가 남아 있긴 하다.

하지만 내가 이곳에 머무를 이유는 없었다.

"어? 괜찮잖아! 그리고 타쿠가 혼자 도전하라고 했을 때 충격을 받았다면 다시 보게 해줘야지!"

"이렇게 넓은 필드가 추가되었잖아! 아직 덜 즐겼다고!"

하지만 미니츠와 간츠가 그렇게 소리치며 복수하자고 부추겼다.

"정말, 어쩔 수 없지. 알았어. 한 번뿐이다."

"좋았어! 저번에는 작전이 부족했으니 좀 더 잘 짜서 도전하자!"

모두들 내 허락을 받고 신이 나서 도플갱어가 변신한 자신과 다시 벌일 전투에 대해 이야기를 나누고 도전하게 되었다.

하지만 우리가 아이템을 사용할 수 있게 되었기에 도플갱어들도 우리가 가지고 있는 아이템 중 일부를 사용할 수 있게 된 것 말고도 센스가 해방되어서 상대방도 제12센스까지 장비한 상태로 나타나 매우 혼잡한 전투가 벌어졌다.

그리고 장비의 봉인이 해제되긴 했지만, 소비 아이템을 반입하는 것은 여전히 금지되어 있기에 괴로운 전투를 벌이게 되었다.

마지막으로 타쿠는 미니츠가 최근에 배운 소생 마법을 몇 번 썼는지 모를 정도로 많이 쓰러졌다.

나는 쓰러질 때마다 다시 일어서는 타쿠 일행을 서포트하며 절대로 미니츠만큼은 쓰러지지 않게끔 움직였다.

마지막에는 모두가 너덜너덜해진 상태가 되었지만 승리를 거머쥘 수 있었다.

"아하하하, 뭐야. 이 싸움! 전혀 짭짤하지 않잖아!"

센스 해방 이후에 쓰러뜨린 도플갱어가 드롭하는 아이템이나 보수는 전혀 없었다.

그렇게 자기만족만 남은 전투를 벌이고도 모두 함께 웃으며 이 센스 확장 퀘스트를 마칠 수 있었다.

●

"음~. 여기는 조용해서 좋네."

준 기념일 업데이트로 인해 떠들썩했던 것도 진정되고 센스 확장 퀘스트 [거울 속에서 온 도전장]을 클리어한 나는 오랜만에 뤼이, 자쿠로와 함께 느긋하게 지내고 있었다.

건물 안에 있는 의자에 앉아 차를 마시면서 [괴짜 아이템 전집]을 읽었고, 피곤해지면 풍경을 즐겼다.

이 건물에서 조금 떨어진 곳에는 고리 모양 전이 오브젝트인 [스타 게이트]가 있었고, 그곳에서 마기 씨와 에밀리 양이 다가왔다.

"윤 군, 안녕. 멋진 곳을 찾았구나."

"안녕. 그리고 센스 확장 퀘스트 공략하느라 고생했어. 나도 클리어했고."

나는 마기 씨와 에밀리 양에게 마음에 드는 심볼 코드를 새로 찾아내서 알려주려고 초대했다.

"둘 다 어서 와요. 자, 여기요."

나는 그렇게 말하고 들고 있던 책을 덮은 뒤 건물의 의자에 앉은 마기 씨와 에밀리 양 앞에 차와 과자를 내주었다.

"에밀리, 나를 여기로 데려와 줘서 고마워."

"아뇨, 저도 부족했던 심볼이 있었는데 마기 씨께서 협력해주셔서 다행이에요."

그렇게 말하며 주위를 둘러보던 마기 씨와 에밀리 양이 바라본 곳에는 성벽 안쪽에 펼쳐져 있는 정원이 있었다.

이곳은 센스 확장 퀘스트의 보수로 얻은 [성] 심볼에 [극소]와 [샘] 심볼을 조합한 결과로 찾아낸 에리어다.

조금씩 솟아나는 물이 성벽 내부의 샘으로 흘러왔고, 작은 꽃들이 피어나서 예쁜 정원을 장식하는 곳이었다.

이번에는 마기 씨가 [극소], [샘] 심볼, [거울 속에서 온 도전장] 퀘스트를 클리어한 에밀리 양이 [성] 심볼을 사용해서 이곳으로 찾아왔다.

"윤 군이 미리 공략 정보를 줘서 도움이 되었어. 센스 확장 퀘스트가 쉽사리 끝나니 맥이 좀 빠지던데."

"아하하, 그냥 생각났던 거하고 그때 알고 지내게 되었던 플레이어를 소개했을 뿐인데."

나중에 [거울 속에서 온 도전장]에 혼자 도전한 에밀리 양은 무사히 클리어할 수 있었다.

특히 보스인 도플갱어와 전투를 벌였을 때는 나와 마찬가지로 정면으로 맞붙지 않고 합성 MOB으로 포위해서 쓰러 뜨리는 방법을 썼다고 살짝 쓴웃음을 지으며 그 이야기를 해준 것이 인상적이었다.

마기 씨는 차를 마시고 숨을 돌린 다음 용건을 꺼냈다.

"자, 늦어졌지만 윤 군이 부탁했던 게 다 되었으니 지금 줄게."

마기 씨가 꺼낸 것은 내가 맡겼던 고기 써는 식칼과 애용하던 피켈이었다.

양쪽 다 흑철제 장비였지만, 이번에 [운성강]을 얻어서 수리와 업그레이드를 마기 씨에게 부탁했었다.

그 결과――.

고기 써는 식칼 중흑 [무기 · 식칼]
ATK+75, SPEED−7 추가효과 : DEX 보너스, 암속성 보너스 (중), 장비 중량 경감 (소)

마기 씨의 채굴용 피켈 [무기 · 피켈]
ATK+99, SPEED−15 추가효과 : 내구도 향상 (대), 채굴 속도 상승 (중), 채굴 보너스 (소), 장비 중량 경감 (소)

"고기 써는 식칼 쪽은 전보다 가벼워졌으니까 다루기 편할 거야. 그리고 윤 군에게 받은 가루형 마법약도 사용해서 담금질했더니 [암속성 보너스]도 붙었으니까 무기로 따져도 충분한 성능이지."

"마기 씨, 감사합니다. 꽤 대단하게 변했네요."

하지만 요리 말고는 쓸 일이 없지, 그렇게 생각하고 쓴웃음을 지었지만, 매우 가볍고 날카로워서 도끼 대신 써도 될 것 같다.

"그리고 채굴용 피켈이야. 이쪽은 윤 군에게 맞는 센스가 없으니까 공격 판정이 발생하지는 않겠지만, 그 대신 채굴하는데 맞는 추가효과를 달아두었어."

"이것도 감사합니다."

이제 문제없이 아다만타이트 광석을 채굴할 수 있을 것 같다.

그리고 셋이서 느긋하게 차를 마시고 풍경을 즐기며 근황 이야기를 들었다.

마기 씨의 이야기를 들어보니 루카토 일행의 장비도 [운성강]으로 작업해서 무사히 납품했다고 한다. 그리고 리리가 만드는 갤리온 조선 작업에 클로드도 참가해서 순조롭게 진행되고 있는 모양이었다.

에밀리 양은 레티아가 부화시킨 새끼 수룡 우즈키의 모습을 스크린샷 같은 것들로 보여주었다.

"우와, [스타 게이트]로 호수에 가서 헤엄치게 했구나. 귀엽네."

"그렇지. 혼자서 호수 바닥에 있는 아이템을 건져왔으니 똑똑하고."

그때 함께 갔던 에밀리 양의 이야기를 들어보니 여러 가지 소재를 얻은 모양인데, 레티아는 물고기 같은 식재료가 더 좋다고 했다는 말을 듣고 레티아답다며 살짝 웃었다.

그런 와중에 문득 마기 씨가 무슨 생각이 났는지 나와 에밀리 양에게 물었다.

"그러고 보니 윤 군하고 에밀리는 제12센스를 해방시켰지?"

나와 에밀리 양이 고개를 끄덕이자 마기 씨가 계속 말했다.

"나는 아직 클리어하지 않아서 해방시키지 못했는데, 둘 다 새로운 센스 취득 보너스로 뭘 골랐어?"

센스 확장 퀘스트를 클리어하면 센스 장비 최대치를 하나 올려주는 것과 동시에 SP 소비 없이 센스를 취득할 수 있다.

"나는 그냥 스테이터스 상승 계열 센스를 골랐어. 꽝은 없으니까."

무난한 느낌으로 센스 취득 보너스를 사용한 에밀리 양.

나는 저번에 [염동] 센스를 선택했고 뮤우와 다른 사람들은 미묘한 반응을 보였지만, 이번에는──.

"저는 마침 [연금]하고 [합성] 센스의 레벨이 50까지 올라서 두 센스의 통합 센스가 나왔으니 그걸로 할까 해요. 그리고 새로 [은밀] 센스도 얻을까 하고요."

마기 씨와 에밀리 양은 [연성] 센스에는 납득하면서도 [은밀] 센스는 좀 의아하다는 눈치였다.

"윤 군, [연성] 센스로 성장하는 건 대충 알겠는데 [은밀]은 왜? 지금도 은밀 능력이 꽤 높잖아."

"그렇지. 뤼이도 투명화할 수 있잖아. 일부러 [은밀]을 얻을 필요가 있나?"

[연성] 센스를 얻는 이유는 모처럼 레벨이 올랐으니 에밀리 양이 MOB을 부활시킬 수 있게 되는 [부활 연성]이라는 스킬을 쓸 수 있게 되면 좋겠다고 한 것 때문이다.

그리고 이 두 센스를 통합시켜서 센스를 얻는데 SP가 5나 필요하기에 SP를 아끼는 것도 감안해서 센스 취득 보너스를 사용한다.

그 이유는 마기 씨와 에밀리 양도 바로 이해했다.

하지만 [은밀] 센스를 취득할 필요가 있느냐고 하면, 아마 없을 것이다.

"저는 제 도플갱어하고 싸우고 나서 생각했어요. 인식 저해 망토를 장비하고 있으면 정말 골치 아프다고요. 한순간 시야에서 사라진 것 같은 느낌이거든요."

내 말을 듣고 고개를 끄덕이는 마기 씨와 에밀리 양.

"그래서 거기에 센스 효과가 더해지면 어떻게 될까? 이런 호기심이라고 해야 하나, 로망이죠."

그렇게 말하며 쑥스러운 듯이 고개를 갸웃거리자 두 사람의 표정이 부드러워졌다.

"왠지 윤 군 답네. 로망이 있어서 괜찮지 않나?"

"그래. 소리 내지 않고, 들키지 않고 일격이탈을 가하는 저격수는 무섭지."

농담처럼 말하는 에밀리 양을 보고 마기 씨도 멋지겠다며 맞장구를 쳤다.

나는 로망 이야기를 꺼내서 조금 창피했지만 계속 이야기를 나누었다.

그리고 다시 평소의 OSO가 돌아온다.

이제 곧 4월도 끝나고 골든 위크가 다가오고 있다.

다음에는 길드 [팔백만]의 원정이 기다리고 있다.

——스테이터스——

NAME : 윤

무기 : 검은 소녀의 장궁, 볼프 사령관의 장궁

보조무기 : 마기 씨의 식칼, 고기 써는 식칼 중흑, 해체식칼 창무

방어구 : CS No.6 오커 크리에이터 (하복, 동복)

액세서리 장비 한계 용량 (6/10)

· 페어리 링 (1)

· 대신하는 보옥의 반지 (1)

· 원예지륜구 (1)

· 몽환의 주민 (3)

소지 SP 27

[장궁 Lv42] [마궁 Lv26] [하늘의 눈 Lv27] [간파 Lv38]

[준족 Lv31] [마도 Lv33] [대지속성 재능 Lv15] [부가술사 Lv11]

[조약사 Lv30] [요리인 Lv20] [연성 Lv1] [은밀 Lv1]
대기
[활 Lv55] [조교 Lv41] [염동 Lv9] [물리공격 상승 Lv26]
[조금 Lv43] [생산직의 소양 Lv25] [수영 Lv18] [언어학 Lv28]
[등산 Lv21] [신체내성 Lv5] [정신내성 Lv4] [선제의 소양 Lv17]
[급소의 소양 Lv15]

준 기념일 업데이트 이후의 성과——
· 고기 써는 식칼, 채굴용 피켈을 [운성강]으로 업그레이드했다.
· [심볼 홀더]를 입수하고 다양한 심볼을 트레이드로 획득했다.
· [스타 게이트]를 통해 탐색 가능한 범위를 확대했다.
· 제12센스 장비칸이 해방되었다.
· [연금] 센스와 [합성] 센스가 통합되어 [연성] 센스를 취득했다.

처음 뵙는 분, 오랜만에 뵙는 분, 안녕하세요. 아로하자초입니다.

이 책을 읽어주신 분, 담당 편집자인 O 씨, 작품에 멋진 일러스트를 마련해주신 유키상 님, 그리고 출판되기 전부터 인터넷에서 제 작품을 봐주신 분들께 감사드립니다.

OSO 시리즈는 현재 드래곤 에이지에서 하니쿠라운 선생님의 코미컬라이즈 버전이 연재되고 있습니다. 코미컬라이즈를 통해 큐트한 코믹 버전 윤 일행의 활약이나 귀여운 모습을 볼 수 있습니다.

또한 제 작품으로 『몬스터 팩토리』 시리즈도 있으니 그쪽도 읽어주시면 좋을 것 같습니다.

이번 14권에서는 약간 분위기를 바꿔서 추체험이라는 부분에 초점을 맞추고 집필하였습니다.

OSO 시리즈가 오래 이어졌고, 윤도 조금씩 성장해왔습니다.

강력한 보스와 싸우고, 여러 이벤트와 퀘스트를 넘어서 윤 본인은 자각하지 못하겠지만 OSO에서도 나름대로 실력이 있는 플레이어로서 평가받고 있는 것 같습니다.

나름대로 실력이 있다……라는 것이 윤답기도 합니다. 그리고 본인은 생산직이기에 역시 전투직에 미치지는 못하는 느낌이지만 그런 윤이 모든 것이 봉인된 상황에서도 앞으로 나아갑니다.

저 자신도 초기 무렵에 시행착오를 거듭하던 느낌을 떠올리면서도 OSO에 익숙해진 경쾌한 느낌을 의식했습니다.

초기의 윤을 떠올리기 위해서도 편하게 읽을 수 있는 코믹 버전을 구매해서 읽어주시면 좋을 것 같습니다.

앞으로도 저, 아로하자초를 잘 부탁드립니다.

마지막으로 이 책을 읽어주신 독자 여러분께 다시 감사의 말씀 드립니다.

다시 여러분을 만나게 될 날을 기대하겠습니다.

2017년 11월 아로하자초

안녕하세요. 천선필입니다.

『온리 센스 온라인』14권, 재미있게 읽으셨는지 모르겠습니다.

이번 14권은 OSO가 베타 버전부터 시작되어 1주년을 맞이한 내용이었습니다. 전반부에는 1주년을 기념하여 정식 서비스 초기에는 사라졌다가 다시 업데이트된 심볼, 그리고 스타 게이트 에리어를 소개하는 내용이었고, 중반, 후반부는 그것을 이용하여 만든 무대에서 플레이어들이 여러 가지 제한에 걸려 처음 시작했을 때를 떠올리게 하는 퀘스트를 진행하는 내용이 전개되었죠.

게임, 특히 온라인 게임을 오래 서비스하다 보면 이번 14권 내용과 비슷한 콘텐츠를 만들게 되기도 합니다. 특히 오랫동안 플레이한 유저들은 시시각각 변해가는 게임 내용을 즐기면서도 예전에 즐겼던 추억을 떠올리면서 '그때 그 콘텐츠를 다시 플레이하고 싶다'는 마음을 품게 되곤 하죠. 실제로 크게 성공한 MMORPG인 『월드 오브 워크래프트』같은 경우 예전 콘텐츠만 서비스하는 서버를 따로 운영하려는 계획도 세우고 있다는 소식을 보면 이해가 되기도 합니다.

뭔가를 오래 하다 보면 초심을 계속 간직하기가 쉽지는 않은 것 같습니다. 이런 경험을 통해 예전을 되돌아보는 계기로 삼는 것도 나쁘지는 않겠죠. 후기를 보니 작가분께서도 그런 부분을 의식하신 것 같네요. 저도 문득 번역을 시작했을 무렵이 떠올랐습니다. 사실 저는 게임 번역을 통해 이 일을 시작하게 되었는데 중간에 다니게 된 회사도 게임 회사였고, 지금은 게임 소설을 번역하고 있네요. 나중에는 뭘 하게 될지 궁금합니다.

초심을 잃지 말아야겠다는 생각을 하면서 이번 14권 번역을 마쳤습니다. 항상 그렇지만 이렇게 번역 작업을 마칠 수 있게 도와주신 분들께 감사의 인사를 드리고 후기를 마치려합니다.

항상 고생이 많으신 담당 편집자분과 소미미디어 관계자 여러분, 그리고 가족 여러분, 감사합니다.

그리고 그 누구보다 이 책을 읽어주신 독자 여러분. 진심으로 감사드립니다. 제가 이렇게 번역을 마치고 후기를 쓸 수 있게 된 것은 독자분들 덕분이라 생각합니다. 앞으로도 즐겁게 보실 수 있게끔 노력하겠습니다.

다음 권은 [팔백만]의 원정 이야기가 될 것 같네요. 지하 계곡과 드워프 왕국에서 윤이 어떤 이야기를 보여줄지 기대해 볼 만할 것 같습니다.

항상 행복하시고 건강하시길 바랍니다.
감사합니다.

Only Sense Online Vol.14
©Aloha Zachou, Yukisan 2018
First published in Japan in 2018 by KADOKAWA CORPORATION, Tokyo.
Korean translation rights arranged with KADOKAWA CORPORATION, Tokyo.

온리 센스 온라인 14

2019년 6월 24일 1판 1쇄 인쇄
2019년 7월 1일 1판 1쇄 발행

저   자 아로하자초
일 러 스 트 유키상
옮 긴 이 천선필
발 행 인 유재욱
본 부 장 조병권
담당편집자 김민지
편 집 1팀 정영길 김민지 조찬희 이성호
편 집 2팀 김다솜
편 집 3팀 박상섭 임미나 김효연
미   술 강혜린 박은정
라이츠담당 박선희 오유진
디 지 털 최민성 박지혜
물   류 허석용 허태욱
발 행 처 ㈜소미미디어
등   록 제2015-000008호
제 작 처 코리아피앤피
주   소 서울시 마포구 토정로222, 403호(신수동, 한국출판콘텐츠센터)
판   매 ㈜소미미디어
마 케 팅 한민지, 한주원
전   화 편집부 (070)4164-3962, 3963 기획실 (02)567-3388
　　　　　　판매 및 마케팅 (070)4165-6688, Fax (02)322-7665

ISBN 979-11-6389-576-3
ISBN 979-11-5710-083-5 (세트)